大魔法師的妹妹
為美好的世界獻上祝福!
11
Kadokawa Fantastic Novels

阿克婭
「跪著磕頭說阿克婭女神對不起，
「吶，阿克婭。妳也差不多該跟和真和好了……
好痛痛痛痛！
別、別這樣啦阿克婭，不要拉我的頭髮！」
達克妮絲

惠惠
並且從此以後每天都要
照三餐敬拜我，
對我祈禱。」
「你要快點跟阿克婭和好喔。
和真不在時，她每天都不知道該做什麼，
感覺又有點寂寞。」

「姊姊說過這個城鎮的冒險者都很厲害喔。」
露娜
米米

「米米也這麼覺得對吧？
在場的各位冒險者都很厲害，
大家都願意三兩下幫我們
解決這個難題！」
和真

為美好的世界獻上祝福！

大魔法師的妹妹

CONTENTS

為美好的世界獻上祝福！ 11

大魔法師的妹妹

暁 なつめ

illustration 三嶋くろね

Kadokawa Fantastic Novels

Character
阿克婭
職業 大祭司
任誰都無法控制的水之女神。專長是宴會才藝。
和真
職業 冒險者
尼特主角。優點在於幸運值之高。
達克妮絲
職業 十字騎士
專司防禦的受虐狂女騎士。其實是大貴族家的千金。
惠惠
職業 大法師
紅魔族首屈一指的天才。只對爆裂魔法有興趣。
點仔
爵爾帝
巴尼爾
年齡不詳的大惡魔。在維茲的店裡幫忙。
愛麗絲
貝爾澤格王國的第一王女。視和真為兄長仰慕。

序章

這一天。

在貝爾澤格王城內的和室裡面。

「啊哈哈哈哈哈！啊哈哈哈哈哈哈哈！吶，和真你看！快看快看，我用商店街的傳單摺出古怪惡魔的面具了！」

「噗哈哈哈哈哈！這是怎樣，太強了吧，完成度高到一點也不像是傳單摺出來的！妳這個傢伙做起類似這樣的事情真的很厲害耶！」

順利把愛麗絲送回來的我們接受克萊兒的款待，徹底喝了個爛醉。

「呼哈哈哈哈哈！千里眼惡魔在此宣言。汝，一個人滴酒未沾，一臉不悅，上臂有小老鼠的女孩啊。分解酒精的時候需要蛋白質。現在立刻開始狂灌酒，即可讓令汝煩惱的硬梆梆肌肉稍微軟化一些。」

「噗哈哈哈哈哈哈，超像的——！」

「吵、吵死了，你們這兩個醉鬼！阿克婭，不准提什麼肌肉硬梆梆！」

戴著剛摺好的傳單面具模仿巴尼爾的阿克婭，害得達克妮絲滿臉通紅。

「你們也差不多該讓我喝酒了吧！我都已經是可以結婚的年紀了，為什麼你們老是只針對我一個人，一直把我當成小孩子對待啊！」

唯一不被准許喝酒的惠惠如此頂撞達克妮絲。

「話、話是這麼說沒錯，可是惠惠，除了年齡之外，還有所謂的身體個人差異妳懂吧？就是……惠惠的發育比別人還要……」

聽達克妮絲含糊其辭，聲音漸漸變小，我不禁喊道：

「啊哈哈哈哈，超好笑的——！」

「一點都不好笑！哪裡好笑了啊你這個醉漢，把你手上的酒交給我！……啊！你這隻手想幹嘛，夠了喔，快點把那瓶酒啊啊啊啊啊啊啊啊！」

面對試圖搶走我手上的酒瓶的惠惠，我毫不客氣地以「Drain Touch」反抗，結果看見這一幕的阿克婭捧腹大笑。

「啊哈哈哈哈哈，啊哈哈哈哈哈哈！超好笑的——！」

「不好笑，不好笑啦！你要怎麼賠償我啊和真，你吸了我的魔力，我今天不就不能發爆裂魔法了！等一下你要把魔力還給我喔！」

惠惠對著這樣的我們大發雷霆，但我只是大笑不止。

「超好笑的——！」

「你這個男人！」

惠惠終於忍不住揪住我，但心情大好的我任憑擺布，放眼望著塞滿了人的和室。

「和真先生和真先生，我們今天把這座城堡裡的酒全部喝掉吧！」

「好——我要拿起酒狂喝猛灌，然後施展完全不耗費魔力的『Create Water』——！」

「這個男人爛透了！他剛才開的玩笑髒到不行！」

「喂，來人啊！手邊沒事的人快點把這兩個傢伙帶回房間去！」

我和阿克婭聽著惠惠和達克妮絲這麼說的同時。

「吶，和真，我今天真的覺得好開心喔！畢竟我們的表現，之前從來都沒有這麼受到認同過嘛！」

「就是說啊！之前無論我們表現得再怎麼好，不知為何要不是莫名負債或碰上不合理的待遇，就是隨便頒個獎狀跟獎金打發掉了！」

我盡情享受了今天這一整天。

第一章 讓蘿莉控尼特清醒過來！

1

這一天，舉國上下為之震撼。

武裝國家貝爾澤格。

國境與魔王軍接壤的這個國家的公主，獲得了屠龍勇士的稱號光榮歸國。

——以愛麗絲的護衛身分前往鄰國埃爾羅得的我們，在當地被捲入各種事件當中。

一開始是為了對抗魔王軍前去請求援助，然後和王子以賭博一決勝負，打倒黃金龍。

最後還識破了化身為宰相潛入鄰國的幻形妖的真面目，拯救了那個國家的危機。

至於我的表現就只有詐賭把王子當成玩具耍而已，不過以結果來說，我們還是完成了一項新的豐功偉業。

還有最需要解決的問題，愛麗絲的婚約也成功取消了。

如此一來，應該就可以平安無事的大喊三聲萬歲了才對……

「做得太好了，和真大人，看來我之前誤會你了！這次的成果完全超乎我的預期！」

帶著愛麗絲回到王城的我們在謁見廳報告完畢之後，白套裝女克萊兒一臉興奮地帶著閃亮的眼神對我這麼說。

除了我以外的大家難得很識相地乖乖待在後面，於是我說：

「不，那些全部都是愛麗絲努力贏得的。我做的那些其實都是小事。」

「真是太謙虛了……對我而言，最壞的打算是即使那個國家終止對我國的金援，只要能夠取消愛麗絲殿下的婚約就無所謂了呢。結果不但金援談成，婚約也取消，甚至還拯救了鄰國埃爾羅得的危機，賣了他們一個恩情……！」

克萊兒因為過於感動，聲音都不禁拔高，甚至還爆出不少真心話。

「克萊兒！金援終止和取消我的婚約，到底哪邊比較重要啊！如果我們得不到金援的話，就無法對抗魔王軍了喔！」

「當然是取消愛麗絲殿下的婚約比較重要。只要愛麗絲殿下平安無事，無論是國家還是魔王都無所謂好痛好痛好痛！愛麗絲殿下，我總覺得您旅行回來之後好像變得有點暴力傾向了耶！」

才以為是愛麗絲主動摟住，就被她順勢用力熊抱而放聲慘叫的克萊兒，維持這個狀態轉過來面對我們四個。

「無論如何，各位真的做得太好了。你們想要什麼報酬都行，喜歡什麼就儘管說吧。」

一臉認真地如此告訴我們的克萊兒依然被愛麗絲用力熊抱，臉色也慢慢漲紅，但是看起來又有點幸福。

話說回來，報酬是吧。

仔細想想，這個傢伙也只是非常喜歡愛麗絲罷了，說起來也算是和我志同道合。

「報酬不是早就談好了嗎？」

聽我這麼說，克萊兒先是露出愣住的表情，不久之後似乎總算想起在我們前往埃爾羅得之前，她和我約定好的事情。

讓鄰國的王子取消婚約，交換條件是要她告訴我愛麗絲小時候的故事。

其實只是這樣一個非常小的約定……

「這麼說來確實是有這麼一回事呢，和真大人……那今天就由我做東，舉辦一場讚揚各位的宴會好了。約定好的報酬，就在宴會上支付給你吧。」

順應我的意圖的克萊兒……

「你今晚可別想睡嘍。」

「「「咦！」」」

聽著除了我和阿克婭以外的人的驚呼，露出微笑——

「——這個傢伙是怎樣，酒量超差耶！」

款待我們的宴會才剛開始過了十分鐘左右。

儘管如此，克萊兒不過喝了少少的半杯酒，就已經整個人都站不穩了。

這次宴會的會場似乎是配合來自異世界的日本人的喜好所打造，儘管形狀不太好看，卻也鋪了看似榻榻米的東西，呈現出和室的風貌。

「嗚嗚，和真大人，非、非常抱歉……」

很快就已經不行了的克萊兒，在嘴裡唸唸有詞地向我道歉，把泛紅的臉湊了過來。

儘管是個喜歡小女生的大變態，克萊兒也是個外貌出眾的貴族千金。

在我盤腿而坐的時候被她用上半身這麼一靠，老實說感覺並不壞。

該怎麼說呢，有種在搭電車時旁邊有個打瞌睡的美女大姊姊靠在自己身上的感覺。

「兄長大人和克萊兒什麼時候這麼處得來了啊？」

看著這樣的我們，拿著果汁的愛麗絲帶著有點不太高興的表情靠了過來。

「哦，怎麼？愛麗絲，妳吃醋啦？放心吧，哥哥喜歡的類型是長得漂亮，身材又好的大姊姊。所以……」

「…………」

等等，只論外表的話，克萊兒還滿符合我喜歡的類型嘛。

不發一語地斜眼看著我的愛麗絲讓我不禁語塞。

最後，愛麗絲擠進我和克萊兒之間坐下，然後讓醉得不省人事的克萊兒枕著她的大腿躺平。

克萊兒那傢伙，之後一定會因為自己現在醉倒而後悔吧。

愛麗絲一邊撫摸紅著臉醉癱的克萊兒的頭，一邊開口說：

「兄長大人在這場宴會結束之後有什麼打算？已經要回阿克塞爾去了嗎？」

她沒有面對我，像是在自言自語，又像是在確認我的心意。

「嗯——應該吧。我們最近一下子去打倒邪神，一下子擔任愛麗絲的護衛，一直都在出遠門，偶爾也想好好休息一下。」

其實也不是什麼偶爾，我出外冒險才真的是偶一為之就是了。

「……如果只是想好好休息的話，在這裡應該也辦得到吧？這裡有很多空房間，應該不需要急著回去吧？」

愛麗絲還是沒有面對我，低著頭像是在看顧克萊兒似的，前所未見地明確表示出她的想法。

愛麗絲以前老是躲在克萊兒身後，不會主動發言，而是透過隨從與我們交談，給人的印象相當乖巧。

現在，也不知道到底是受到誰的影響，她成了一個偶爾會惡作劇，行為與年紀相稱的女孩子。

之前那個老是戰戰兢兢，隨時在察言觀色的愛麗絲是很可愛，不過我還是比較喜歡她現在這個順其自然的模樣。

「這個嘛，既然愛麗絲都這麼說了，要在這裡多待一下也可以啦。」

我之前以盜賊之姿潛入這座城堡的時候，和許多士兵交手過。

雖然臉有遮住，也把聲音裝得不太一樣，但還是難保我的真面目不會從體格和舉手投足被看穿。

愛麗絲如此仰慕我，這樣的心意是讓我很開心，但還是應該盡量避開風險……

「可以的話……」

正當我沉心思索的時候。

愛麗絲低著頭，落寞地冒出這麼一句話。

「可以的話，我好想和大家一起生活喔……」

我們決定再次留在王城了。

2

「早安，屠龍勇士。」

「兄長大人，請不要叫我屠龍勇士……城裡的大家也都用那個稱號叫我，我實在很想叫他們別這樣……」

紅著臉的愛麗絲這麼說之後，害羞地低下頭。

接受完克萊兒的款待，我們現在借用了幾間房間，在王城裡當食客。

沒錯。

我一直以來的心願，能和愛麗絲共度的優雅生活又回來了。

「話是這麼說沒錯，可是愛麗絲，人家說屠龍勇士也不是任何人都能當的嘛。之後不是還要辦個全國性的祭典來慶祝嗎？克萊兒都亢奮到喘著粗氣了喔，還說什麼『我早就覺得愛麗絲殿下是總有一天會成大事的人』之類。」

「請不要把克萊兒的言行放在心上，她最近老是一次又一次跑來要我說屠龍的英勇故事給她聽。」

順道一提，克萊兒也是每天都來找我。

由於愛麗絲一招就葬送了那隻名叫黃金龍的龍，所以我能說明的也只有「愛麗絲發了一招好像很厲害的招式之後龍就死掉了」而已，但她還是為了聽這麼簡短的故事，特地在睡前跑來找我。

一開始，克萊兒還說「竟然讓愛麗絲殿下面對那種危險」什麼的，對我們讓她和龍戰鬥多有怨言，不過現在已經完全沉醉在愛麗絲的英勇故事之中了。

或許算是因此帶來的好處吧，即使我們留在王城裡每天過著自甘墮落的生活，她目前也沒有說什麼。

不僅如此，她還極度讚美我成功取消了愛麗絲的婚約，我們現在已經成了酒友，偶爾會一起喝到深夜，大聊愛麗絲小時候的往事。

「那麼，哥哥接下來要洗臉換衣服了，愛麗絲到中庭去等我吧。叫女僕做鮪魚沙拉飯糰給我們一起吃好了。」

「好！我最喜歡鮪魚沙拉了！」

愛麗絲似乎很喜歡之前在旅途中吃過的那些垃圾食物，還將我們做給她吃的料理鉅細靡遺地告訴了女僕們。

一開始女僕們還以冰冷的眼神看著我們，像是在說「你們這些傢伙給公主殿下吃什麼東西啊」似的，但是看見愛麗絲笑咪咪地吃著鮪魚沙拉的模樣，她們好像也無話可說了。

她八成是正好吃膩了高級的宮廷料理，所以覺得和大家一起吃得很開心的那些東西非常新奇吧。

「那麼，兄長大人，待會兒見！」

說完，愛麗絲便急急忙忙跑去叫女僕準備便當了——

——如此這般，我在王城裡定居之後已經過了三天。

為了陪惠惠完成她每天的慣例，我們來到王都外面。

「……其實不需要連妳也來陪我執行每天的慣例喔。應該說，貴為一國的公主，妳不可以到城鎮外面這麼危險的地方來吧。」

「獲得屠龍勇士的稱號之後，大家稍微放寬了我的外出限制，所以沒關係。而且，棲息在王都周邊的怪物都很強，我很擔心兄長大人。」

最近，惠惠進行每天的慣例時，愛麗絲也會跟過來。

在我們從埃爾羅得之旅歸來之後，這兩個人的感情就好得異常。

愛麗絲偶爾會脫口而出的頭目這個稱呼也讓我有點好奇，不過目前對我的好感度最高的，大概就是這兩個人了吧。

現在也是，愛麗絲之所以像這樣跟來完成惠惠的例行公事，也是因為不想讓我們兩個人獨處吧。

關於這兩個人，我覺得不是我自作多情，應該只要用力推個一把就會成了。

……不，惠惠姑且不論，再怎麼樣我也沒有蘿莉控到把愛麗絲當成異性看待的程度。

但是，將來等愛麗絲成長到夠成熟了，她如果說要當哥哥的新娘，我非常有可能隨波逐流就是了。

應該說，我要就這樣賴在王都，趕跑接近愛麗絲的男人。

如此一來，我終將從她所崇拜的哥哥，變成在她身邊令她心動的異性，最後就會……

「和真，我們到了喔。這裡就是我最喜歡的爆裂地點。怪物們經常集中在那座岩山後面，順利正中目標的話，就可以賺到經驗值了。」

不知不覺間已經停下腳步的惠惠看著沉思中的我。

哎呀，這可不行，這可不行。

「那妳趕快完事，我們就可以閃人了……對了，我有個問題想問妳們兩個。妳們覺得我怎麼樣？」

我盡可能表現得不至於不自然，同時極力讓自己看起來像個型男，帶著炯炯有神的視線如此問道。

「你沒頭沒腦的問什麼啊？覺得你怎樣是什麼意思？你最近大概是閒到發慌了吧，行為顯得特別怪異耶。不過你還是不要跟阿克婭兩個人跑去王城的中庭擅自修剪樹木比較好喔。大家對阿克婭修剪的樹好像都讚不絕口，但是和真剪成狗形的那棵就被批評得很糟。」

那棵樹我是剪成熊的形狀耶。

這時，不僅惠惠，連愛麗絲也開口說：

「兄長大人，無論你再怎麼閒暇無事，可以請你不要去王城的訓練場，隨便指導士兵嗎……如果兄長大人非常厲害的話倒是非常值得感激，但士兵們都說你是『明明一直輸卻很愛指導別人的奇怪客人』……」

「不要管我最近的行動好嗎，那都是因為我閒到沒事幹！我要問的不是這個，而是……妳們知道的。比方說是喜歡我還是討厭我之類的啊，還有很多事情可以說吧？非得選的話是哪一邊的程度就可以了，我想聽妳們兩個親口說出來。」

這下子我也顧不得要表現得自然一點了。而聽我這麼說，她們兩個面面相覷。

「我都已經說過好幾次了，我喜歡和真啊。你為什麼突然問這個啊？」

「對、對於兄長大人，我也很……喜、喜……」

「ＯＫ我知道了，是哥哥不好。愛麗絲，妳已經很努力了，對我而言這樣就夠了。還有惠惠也是，能夠再次確認妳的心意，我很高興。」

正當我展現出成熟且從容的一面，安撫著她們兩個的時候。

「現在是怎樣？今天的和真有點奇怪喔。該怎麼說呢，你平常就已經很奇怪了，但是今天的發言又比平常還要奇怪。」

「應該說，兄長大人……有點噁心……」

「愛麗絲，噓——！有些事情就算心裡那麼想也不可以說出口！」

雖然和預期有點不太一樣讓我的心靈輕微受創，不過大致上都如我所料。

如果就這樣長大成人，這兩個人會變成怎樣呢？

會不會開始爭奪我啊？

「妳們聽好了，我是個心胸寬大的男人。我絕對不會將妳們其中一個排除在外的，儘管放心吧。」

「愛麗絲，不知為何我有點不爽。今天在做例行公事前，我們先來教訓這個男人吧。」

「兄長大人，你今天真的很噁心。是不是吃了什麼不好的東西啊？」

雖然被說得有點難聽，不過這次大放異彩的我住在王城裡的新生活，大致上就像這樣一

直都很和平──

住在城堡裡的尼特早上起得很早。

「海德爾！海德爾──！」

因為，我現在過的是隨時都有執事和女僕照料的富裕生活，隨便睡過任何一分一秒都很可惜。

「您在叫我嗎，佐藤大人？要醒腦的咖啡嗎？還是要在床上吃早餐呢？遵照佐藤大人的吩咐，今天準備的早餐是加了鵝肝醬的味噌湯。」

之前以我的專屬執事的身分服侍過我的海德爾，立刻貼心地如此表示。

「早餐我要在床上吃。吃早餐之前先給我一杯咖啡。還有……」

「要讓女僕梅莉換上比平常還要短的裙子，然後叫她來這裡嗎？」

對於成功預判我的想法的海德爾，我的讚嘆之聲差點脫口而出。

這就是侍奉王家的菁英執事的實力啊。

「不愧是海德爾，我的喜好你都記住了，我很高興。」

「您這次記住我的名字了，才更是讓我高興呢。為了方便佐藤大人處罰梅莉，我會將花瓶重新擺放到容易倒下的位置。」

這個男人真是太能幹了。

我滿意地點了點頭之後，便優雅地啜飲著海德爾迅速為我泡好的咖啡，攤開報紙開始隨意瀏覽。

現在的我住在城堡裡，毫無疑問是個上流階級人士。

「今年預期將是雪精數量較多的嚴冬，冒險者公會的雪精討伐報酬會再加碼啊……海德爾，這一定會影響到明年的農作物收穫量。從我的帳戶裡提些錢出來買點農產期貨吧。」

「遵命，佐藤大人。農作物的明牌要挑哪幾支呢？」

明牌？

「……這個嘛，就挑點可能會被影響的吧。你懂的，就是天氣變冷就會減產的那種。」

「遵命。那麼就由我看著辦吧。」

不愧是海德爾，是個知道別讓主人掛不住面子的男人。

「那麼，這件事就交給你去辦了。對了，我今天有哪些行程啊？」

調適好心情的我再次啜飲咖啡時，海德爾拿出記事簿。

「佐藤大人今天上午的行程，首先是和阿克婭大人鑑賞寶物庫裡的物品，玩好運鑑定團遊戲。接著是去王城的中庭以阿克婭大人的宴會才藝執行天岩戶作戰計畫，藉此妨礙……邀請用功念書的愛麗絲殿下出來玩。」

翻到記事簿的下一頁，海德爾面不改色地淡然說著。

「下午要和惠惠大人一起去王都外面進行爆裂魔法的實驗。之後要和達斯堤尼斯大人一起視察王都的防具店。」

我把咖啡杯放到床邊的小桌子上，攤手輕輕搖了搖頭。

「真是的，今天也好忙啊。晚上的行程呢？」

「晚上並未排定行程。但有人邀請達斯堤尼斯大人參加晚宴，佐藤大人有何打算？」

這個男人身為執事未免也太過能幹了吧。

「當然是擅自參加晚宴，阻撓別人搭訕達克妮絲啊。」

「我知道了。那麼，我會為此做好安排。」

海德爾畢恭畢敬地鞠了一個躬，然後退下準備幫我端早餐過來——

「——早安，佐藤大人。遵照佐藤大人的吩咐，今天的早餐準備的是加了大量松露的味噌湯。請問味道如何呢？」

「很味噌。」

「這樣啊。我立刻準備餐後咖啡，在泡好之前請您繼續享用味噌湯。」

住在這座城堡裡已經過了一個星期。

現在我已經習慣了上流的生活，過著繁忙而充實的每一天。

「海德爾，今天的行程呢？」

「佐藤大人今天的行程是上午和惠惠大人一起去王都的報社抗議，要報社刊登佐藤大人與惠惠大人的專題報導。之後，阿克婭大人邀您一起進行阿克西斯教團的公關活動。下午開始，愛麗絲殿下、達斯提尼斯大人一同邀您前去討伐王都近郊的怪物。然後，晚上則是參加由惠惠大人主辦的夜空爆裂魔法鑑賞會。」

海德爾一邊幫我泡餐後咖啡一邊應答如流，而我啜飲著咖啡，對他搖了搖頭。

「下午的狩獵怪物行程取消。告訴愛麗絲我明天就會開始認真了。然後請惠惠的爆裂魔法鑑賞會提前來填補下午的空檔。反正晚上又有人邀達克妮絲參加宴會了對吧，我得去處理那邊才行。」

「遵命，我會照辦。順道一提，達斯提尼斯大人拜託我傳話，要您別再擅自參加宴會了……」

這個男人雖然很能幹，但是對於女人心好像不太敏銳。

我豎起食指左右晃了晃。

「這你就不懂了，海德爾，那就是所謂的耍傲嬌。嘴上說討厭只是心裡喜歡的時候故意說反話。也就是說，叫我別參加就是要我參加。」

「原來如此，看來我也還不夠成熟呢。佐藤大人真是讓不才海德爾深感佩服。那麼，空著手去參加宴會也有點失禮，不如送達斯堤尼斯大人一個驚喜，準備一個適合宴會用的大蛋糕好了。」

立刻就想試圖反將一軍，真不愧是海德爾，我才對他深感佩服呢。

「說的也是，就這麼辦吧……不對，光是這樣還不夠有趣。不如這樣吧，做一個足以讓我躲進裡面的超大蛋糕。然後匿名送到晚宴會場去。正當她在想到底是誰送的，滿心狐疑的時候，蛋糕就會打開，我便從中現身。如何？」

「不愧是佐藤大人，我簡直可以看見參加宴會的各位驚訝的模樣了。那麼，我就如此安排吧。」

海德爾這麼說完畢恭畢敬地鞠了個躬，便離開了。

——我變成上流階級之後已經過了兩個星期。

現在已經完全成為這座城堡的代表人物的我，最近對一件事情相當不滿。

「早安，佐藤大人。遵照佐藤大人的吩咐，今天的早餐是加了魚子醬的味噌湯。」

說著，海德爾將擺了早餐的配膳台推到床邊來。

「海德爾，謝謝你平常對我無微不至的照料。我真的非常感謝……但是，對於現在的生活，我唯一有一點不滿。」

聽我這麼說，海德爾露出一臉恍然大悟的表情，鞠了一個躬。

「非常抱歉，佐藤大人。其實不才海德爾已經察覺到佐藤大人的不滿了。」

不愧是能幹的男人海德爾。

他連我的不滿都能夠看穿啊。

「您是對於每天為您準備的味噌湯不滿意對吧？」

「不對，完全不對！真要說的話味噌湯也很奇怪就是了！我明明是拜託你每天都要準備用了高級食材的料理，為什麼要全都丟進味噌湯裡面啊！加了魚子醬的味噌湯，不就只是一碗鹹死人的味噌湯嗎！」

我直視著海德爾的眼睛表示。

「吶，你們最近是不是把我當成麻煩人物在對待啊？」

我坦白說出自己最近的感受。

「……………我覺得應該沒這回事才對。」

「你剛才為什麼停頓了那麼久啊，為什麼不立刻回答！喂，不准別開視線，這是怎麼回事！」

一開始，大家還覺得我這次和愛麗絲出訪立了大功，在城裡遇見的每個人都會開口向我道謝。

但是，在過了兩個星期之後的現在，大家都用一種「這個傢伙到底想待到什麼時候啊」的眼神看我。

對於我的逼問，海德爾看似難以啟齒地表示：

「難道佐藤大人沒有想到任何原因嗎？」

「我哪想得到什麼原因啊。我在達克妮絲出席的宴會上躲在蛋糕裡面那件事嗎？那件事後來人家說沒有人敢吃不知道是誰送的蛋糕，所以就連同躲在裡面的我一起被退貨了，所以應該不算吧……除此之外，我想得到的原因就只有愛麗絲她……」

正當我說到這裡的時候，有人敲了房間的門，然後我很熟悉的女僕梅莉便走了進來。

「抱歉，打擾了。達斯堤尼斯大人想見佐藤大人。請立刻前往謁見廳——」

3

「回家吧。」

「我拒絕。」

我被叫到謁見廳來了。

在這裡，有抽抽搭搭地哭著說不想回家的阿克婭、一臉傻眼的惠惠，還有拿著行李已經準備好要回家的達克妮絲在等著我。

知道找我的人是達克妮絲的時候就已經猜到她會說什麼的我，對於達克妮絲簡短的要求也是秒答以對。

達克妮絲似乎也早就知道我的答案，重重嘆了口氣。

「吶，和真，這兩個星期你生活在城堡裡應該很開心吧？受到的款待也夠了吧？一開始城裡的人對你滿懷感謝之意，現在也已經快要消磨殆盡了。這也是當然的，你每天都那麼恣意妄為。大家對你的評價好不容易才變高了，難道你要因為這樣而讓評價下滑嗎？」

說著，達克妮絲遞給了我幾封信。

信已經被拆封了，應該是叫我看內容的意思吧。

「……『佐藤和真先生你好。我長大之後想當的不是魔劍勇者和傑帝斯王子，而是想變成像佐藤先生那樣。媽媽說，佐藤先生明明是最弱的職業，卻打倒了很多壞蛋，是很厲害的人。所以我也想變得像佐藤先生一樣。』……？」

看來是所謂的粉絲信。

我也確認了其他幾封信。

「『佐藤先生你好。爸爸唸了報紙給我聽。報紙上說，多虧有佐藤先生，愛麗絲殿下才能獲救。謝謝你救了我最喜歡的愛麗絲殿下。等我長大了，我要當佐藤先生的新娘。』」

寫信的人大概是很小的小朋友吧。

以稚氣的字跡寫成的那封信上，還畫了看似愛麗絲的少女肖像。

我接連看過每一封信之後，拿起最後一封。

「『佐藤先生你好。我聽說佐藤先生非常弱。爸爸和媽媽都這麼說。可是，他們也說，佐藤先生明明非常弱，卻是打倒了最多魔王軍幹部的神奇人物。太難懂的事情我不太清楚，不過佐藤先生明明很弱卻已經努力很久了，所以應該可以好好休息了吧。請你好好保重身體，長命百歲。謝謝你救了愛麗絲殿下！』」

讀完那些信之後，我感覺到有一股熱流在我的胸口擴散開來。

看見我這樣的表情，達克妮絲露出戲謔的表情，輕輕笑了一下。

「……如何？你要照那個小朋友寫的，在這裡好好休息嗎？阿克婭，妳也別一直在那邊無理取鬧了，看看這些信吧。」

說著，達克妮絲從我手上接過信件，交給阿克婭。

「神情變得很不錯嘛，這樣才算是我看上的男人。回到阿克塞爾之後，至少還有我會寵你慣你，你將就著點吧。」

然後她對我這麼說，語氣當中有著勝利者的得意，同時又隱約顯得有點開心。

「……原本只會色誘和脅迫的妳也有所成長了呢。都被妳講成這樣了，我又怎麼說得出要留在這裡呢？我可是很任性的喔，回到家之後妳可得好好寵我慣我才行。」

「好啊，包在我身上！不然要我幫你刷背也可以喔。」

正當我和達克妮絲這麼說完，相視而笑的時候……

「喂，你們從剛才開始就在大庭廣眾之下調情是怎樣，回想一下這裡是哪裡好嗎？那種事情應該回到家裡之後再做才對吧。」

「我才沒有跟他調情！妳、妳也知道，之前去鄰國的時候我不是對和真說過了嗎，我還沒有好好答謝他之前的恩情……或是說身為貴族……就是……」

達克妮絲整個人越縮越小，音量也越來越小，而惠惠抓住這樣的她的肩膀不住搖晃，眼中冒出紅光。

「妳這個女人年紀明明比我大卻還是一樣這麼不乾不脆！而且達克妮絲也差不多該說清楚講明白了吧，事到如今還刷什麼背啊。妳都已經有過夜襲未遂的前科了，像我一樣大大方方把該說的事情說清楚不就好了！這樣一來我就可以全力擊潰妳了！」

「妳想擊潰我嗎！我對他的感覺和惠惠又不一樣……再說，妳也知道，我有身為貴族的立場要顧，必須從門當戶對的貴族家找贅婿才能維持家系……」

儘管被用力搖晃，達克妮絲還是縮著身子，不停把玩著雙手的手指。看著這樣的她，惠惠終於忍不住爆發了。

「不久之前還斷然拒絕相親的人，事到如今還拿家系出來搪塞，未免太難看了！和真，你也說她幾句……和真？你從剛才開始就一直在竊笑什麼啊？」

看著這樣的她們兩個的我，應該已經算是一個走到哪裡都不會丟臉的後宮系主角了吧。

不久之前，我才問過惠惠和愛麗絲覺得我怎樣，而且得到了還不錯的回答。

我可不是個遲鈍的男人。

找了一堆藉口來搪塞，表現得一點也不坦率的達克妮絲其實對我懷有淡淡愛意的這件事，我也敏銳地察覺到了。

明知如此，我還是希望她們兩個能口口聲聲說著「和真是我的」來爭奪我。

不對，再加上長大以後的愛麗絲就是三個人了。

原來炙手可熱的男人都是這樣的心情啊。

然後，現充們往往都說戀愛還是彼此互有好感，差一步就要開始交往的那種狀態，感覺最酸甜、最開心，現在我也可以體會是什麼意思了。

因為，要是我和其中一個人開始交往的話，就再也看不到她們兩個的這種反應了。

照理來說，這種時候我應該阻止她們，安撫她們才對，但是……

「我可以繼續看妳們兩個這樣鬧上一個小時。」

「你這個男人是怎樣！」

於是，惠惠將矛頭從達克妮絲轉向我，撲過來揪住我。就在這個時候。

「我決定了。吶，和真，我決定了！」

剛才還在看粉絲信的阿克婭突然站了起來，如此宣言：

「你回想一下我們當初的目的。沒錯，我們的期望是打倒邪惡的魔王，然後為世界帶來和平！看了這些小朋友們寫的信，我才想起自己原本該做的事情是什麼！走吧和真，回阿克塞爾練等去吧！引導弱小的你成為勇者是身為女神的我的使命！現在正是我以水之女神的身分，賜予這些孩子們光明未來的時候！」

我才覺得這個傢伙怎麼突然變成這樣，但隨即轉念一想，她確實本來就是個很容易受到任何事物影響的人。

不過嘛，現在的我也有點可以理解她的心情。

「我知道了，阿克婭。回到阿克塞爾之後，我們就重回基礎，好好像個冒險者從執行任務開始做起吧。然後，等到找回了手感，就讓魔王軍那些傢伙好好見識我們的厲害。有人確實看見了我們的表現。有許多小朋友在為我們加油。既然如此，我們也只好試著盡力去做了！」

沒錯，該回歸原點了。

最近一直忙得團團轉，該重回基礎，回想起成為冒險者的那一天了。

那天我因為來到異世界而感到開心，還發誓要在這裡好好重新來過。

「不愧是和真，不枉大家最近都叫你蘿莉真先生！」

「喂，取了那種綽號的傢伙到底是誰！人渣真或是垃圾真也就算了，不准用那個綽號叫我！」

4

當天，達克妮絲她們先回到阿克塞爾去了。

我原本也打算一起回去，但是看見愛麗絲落寞的神情便妥協了。

再待一天。

被眾人拱為英雄，最近一直很忙的愛麗絲強烈要求，只要今天一個晚上就好，想和我兩個人單獨好好聊聊。

面對她坦率的心願，就連達克妮絲和惠惠也只能帶著苦笑答應。

然後……

「兄長大人好久沒來我房間玩了。別客氣，過來這邊吧。我現在就去拿克萊兒給我的點心。」

吃完晚餐之後，我來到愛麗絲的房間。

我在大到足以舉辦小型宴會的房間裡四處張望，這時愛麗絲好像發現了什麼，迅速把放在床邊的小桌子上的東西藏到枕頭底下。

「哦，妳偷偷摸摸的在幹嘛啊？我知道了～妳在藏A書對吧？沒關係啦，愛麗絲也正值青春期嘛。不過那種東西要是隨便亂放的話，小心被女僕丟掉喔。」

「不是，我才沒有那種東西呢！是這個，我藏的是這枚戒指！」

愛麗絲連忙從枕頭底下拿出一樣東西，是之前和愛麗絲去埃爾羅得的時候，我送給她當紀念品的便宜戒指。

「如果戴著這個，克萊兒看到就會說王族不應該戴這種便宜的戒指，還會想要沒收。所以，我只有在睡覺的時候才會戴……」

說著，愛麗絲害羞地抬頭看著我。而我看見這樣的她，瞬間覺得乾脆就這樣留在王城裡好了，但還是在心中斥責自己不可以被迷惑。

我是和大家約好只再待一天，才一個人留下來的。

要是在這種狀況下說出還是決定留在王城之類的話，她們三個再怎麼樣也會發火吧。

我盡可能避免直視那充滿破壞力的無辜眼神，看著愛麗絲小心翼翼地用兩隻手捧著的那枚戒指。

「早知道還是應該買更貴一點的戒指才對。我不是沒錢，只是店裡賣的只有那種。抱歉啊，如果是高級貨的話，她就不會那樣說了。」

「不，我就是喜歡這個。昂貴的戒指上面的寶石很大顆，太過奢華，這個的寶石就很小顆，非常可愛。」

說完，愛麗絲戴上戒指一直看，感覺好像真的非常高興。

不行，愛麗絲的一舉一動都會讓我的決心動搖。

佐藤和真，振作點，這個孩子是妹妹，是我的妹妹。

首先，我並不是蘿莉控，如果是長大成人之後我倒是樂意接受，但愛麗絲目前還在我的戀愛對象的守備範圍之外。

況且，我還有最近和我發展得很不錯的惠惠啊。

原來我是個這麼容易隨波逐流，見異思遷的人，讓我再次覺得連我自己都不敢相信自己了。

「妳、妳開心的話我也很高興。先別說這個了，我們今天要幹嘛？玩我們常玩的那個桌上型遊戲嗎？等等……這麼說來，我在埃爾羅得買了一套卡牌遊戲。我可以把備用套牌借給愛麗絲，我們玩那個好了。」

我這麼說完，準備去拿牌的時候，愛麗絲輕輕抓住我的衣角。

「請等一下，今晚還是別玩遊戲吧。比起遊戲，我們好不容易才有兩個人獨處的時間，我想聽兄長大人的故事。」

說著，她靦腆一笑。

「——於是我對他說了。『既然我們在平日的這個時間玩同樣的遊戲，我和你就不是敵人。吶，來我們的公會吧。你真正的夥伴就在這裡……』於是，聲名遠播的最強廢人便轉而加入了我們的公會，我們成了名副其實的最大公會。後來……這個嘛，總之發生了種種事情，那個時候公會解體了，不過這個故事就等到下次有機會再說吧。」

「請等一下，兄長大人明天就要回去了，下次有機會不知道要等到什麼時候！至少稍微提一下開頭的部分，讓我知道發生了什麼事情！」

我和愛麗絲坐在床上，沉浸在往事之中。

話雖如此，我們聊的主要都是我的往事就是了。

住在城堡裡的愛麗絲似乎沒什麼比較刺激的回憶，非常愛聽我以前的故事。

「真拿妳沒辦法，只有開頭一點點喔……有一天，我們的公會來了一個新人。那傢伙的名字叫作『闇†天使』。僅僅一名新加入的女生，竟成了公會解體的導火線。」

「請等一下，開頭的部分聽起來那麼有趣，後面卻得期待下回分解，未免太過分了！那個女生做了什麼嗎？你不告訴我，我會好奇到睡不著覺！」

這個故事幾乎已經算是黑歷史了，但不知為何，愛麗絲顯得出奇地感興趣。

「我不太想詳細說明發生了什麼事情……但總之，我只告訴妳一個關鍵字好了。『公主』，就是這樣。」

「公主……是嗎？……啊！該不會是那位公主殿下和公會的成員發展出戀愛關係，之類的……？」

我在說的明明是日本的網路遊戲當中所謂的公主病玩家現象，愛麗絲卻很快就聽懂了。看來儘管我說得再怎麼模糊，她還是能夠看穿事情的本質。

「真虧妳聽得懂啊。沒錯，都是因為那位公主，事情變得非常嚴重。」

「原來如此，畢竟有身分地位的差距嘛……」

這時，我發現愛麗絲露出一臉全想通的表情，手上握著某樣東西。

或許是察覺到我的視線了，愛麗絲害羞地把手上的東西遞給我。

「不好意思，請收下這個。這是頭目大人……是惠惠小姐告訴我的。她說，這是紅魔族代代相傳的護身符。因為兄長大人經常被捲入各式各樣的事件當中，我才做了這個……」

那是不久之前惠惠也給過我的，紅魔族代代相傳的護身符。

我記得，裡面還放了擁有強大魔力的紅魔族的頭髮之類的，類似這樣的護身符。

「謝啦。我也差不多想過過平穩的人生了，但是老是有一堆麻煩的事情跟著我跑，應該說，追根究柢，引發問題的原因多半都是我的隊友。」

我收下護身符塞進口袋裡之後，愛麗絲便開心地說：

「兄長大人回去之後，我也無法去冒險了……所以，請你至少帶著那個護身符去吧。」

然後露出微微有點失落的表情，對我一笑。

「——好了。我們好像不知不覺間聊得太起勁，都已經這麼晚了，我也該回房間了。」

為了驅散收到護身符的害臊和沉重的氣氛，後來我又繼續說了些莫名其妙的事情好一陣子，不知不覺時間已經過了深夜。

繼續在這裡待下去的話，克萊兒應該差不多要來罵人了吧。

坐在床上的我正準備站起來的時候……

「……我不要。」

結果，愛麗絲緊緊抓住我的衣角，阻止了我。

「不、不可以說不要喔。放心吧，我還會再來的。就算被克萊兒罵或是被門衛擋住，我也有達克妮絲交給我保管的這條項鍊可以靠。克萊兒那個傢伙的紋章被她拿回去了，不過只要有這個刻了達斯堤尼斯家紋章的項鍊，無論何時我都可以自由進入王城。所以……」

「我不要。只是偶爾來找我玩還不夠。剛才我說至少帶著護身符代替我，可是我還是希望可以自己去，而不是替代品。我還想跟著兄長大人還有大家一起去旅行或是冒險，體驗各種事情！」

愛麗絲像個小孩子一樣讓情緒爆發出來。

「請你教我更多各式各樣的事情！比起在這座城堡裡度過的十二年，和兄長大人一起旅行的那段短暫的時光，更讓我感覺到充實且開心。請不要丟下我自己走掉，再一起……」

一口氣激動地說到這裡，她才察覺到自己剛才脫口而出的是怎樣的一番話，而趕緊摀住自己的嘴。

垂頭喪氣，整個人窩成一團的愛麗絲把自己縮得小到不能再小，看起來一點也不像是得到屠龍勇士這種風光稱號的人物。

「對不起，我又說出那種任性的話來了……和兄長大人在一起的時候，我總是會忍不住撒嬌。我是一國的公主，肩負保護人民的義務，明明就不應該這樣。」

成長過程當中接受王族教育的少女，大概一直被要求要自律吧。

這也是理所當然，畢竟根本沒有幾個人有資格斥責公主。

頂多就只有克萊兒和達克妮絲之類的而已吧，但就算是她們兩個，一個也是過度溺愛她的護衛，另外一個則是活動據點遠在阿克塞爾。

「愛麗絲，妳才十二歲，多撒嬌一下也沒關係喔。我之前沒告訴過妳嗎？妳是王族耶，對身邊的人更任性一點也沒關係。妳不知道我最近住在這裡要盡任性的生活方式是怎樣嗎？跟我多學學，試著過更開心的人生吧。」

遠比我還要強大，同時又很會忍耐的公主殿下……

「兄長大人，請不要這樣寵壞我。要是繼續和你在一起，我可能會任性地要你多留在這裡一陣子喔。」

眼角微微泛著淚光，露出微笑。

……不妙，這是怎樣。

我覺得這種走向非常不妙，感覺接下來的發展我應該撐不住。

「在兄長大人打倒魔王的那一天到來之前，我不會向任何人撒嬌，也不會耍任性。所以……」

啊啊，糟糕了。

至於是什麼事情糟糕了當然是快要對這種小孩子動心的我非常糟糕。

「所以，至少只有今晚。請讓我稍微撒嬌一下吧。」

這樣說完之後緊緊抓住我的愛麗絲也很糟糕。

然後，只要有心就可以改變法律，讓我們之間的年齡差距合法化的王族更是非常糟糕。

不對，不是這樣！

愛麗絲是妹妹啊，而且我又不是蘿莉控！

再這樣下去我真的無從辯解了。

儘管在這個世界是合法的，但是以日本人的常識而言就連對惠惠出手都算是出局了。

也不知道我這樣的內心糾葛，愛麗絲略嫌客氣地將她嬌小的身體貼著我。

聽說她的父母也經常不在家，她八成不知道該怎麼撒嬌吧。

而且她也知道自己的力氣比一般人還要大，所以感覺戰戰兢兢地一點一點在抓著我的手上加強力道……！

「妳妳、妳想對我撒嬌的話，別說只有今晚，任何時候都可以喔。」

我又因為過於緊張脫口說出奇怪的話，我搞砸了！

而且這樣怎麼對得起還在等我回去的那些傢伙啊？我怎麼可以在這裡被愛麗絲輕易絆住

呢！

最近和惠惠發展得那麼順利，結果卻表示還是不回去了，再怎麼說也非常不妙吧。

而且……

「兄長大人……不對。」

而且佐藤和真，仔細想清楚。

你要回阿克塞爾去吧。

回想一下小朋友們寄給你的那些信，才短短幾個小時之前的事情耶。

對了，魔王。

就算是為了愛麗絲，我也要打倒魔王。

沒錯，為了小朋友們、為了愛麗絲。

更要為了這個世界……！

「哥哥。」

……………

「我最喜歡你了……！」

我還是決定留在這裡了。

5

阿克婭她們回阿克塞爾之後過了一個星期。

決定留在這裡之後，我寄了一封信給阿克婭她們。

告訴她們我還是不回阿克塞爾了。

告訴她們我會一直在城裡生活，所以留在那裡的東西和留在房間裡的些許財產，甚至是豪宅，怎麼處理都可以隨她們高興。

告訴她們就算少了最弱職業的我，她們一定也可以打倒魔王，我也會暗中為她們祈禱。

才剛寄出信，當天我就收到達克妮絲的回信了。

信裡要我別開那種愚蠢的玩笑，字裡行間感覺得出她在苦笑。

她大概是覺得我放不下怕寂寞的愛麗絲，只是想把待在這裡的期限再延長一天而已吧。

信裡的遣詞用字非常溫柔，最後以別讓愛麗絲殿下難過，儘管如此還是盡可能早點回來作為結尾。

——之後過了三天。

我收到的信件中，遣詞用字變得有點嚴肅了。

——之後又過了兩天，我收到一封看起來開始動怒的信。

然後到了現在。

有人「叩叩」兩聲敲了我住的房間的門。

「和真大人，方便借一步說話嗎？」

這是克萊兒的聲音。

我對正在為我泡紅茶的海德爾點了點頭，他便立刻打開門。

「怎麼了，克萊兒，找我有事嗎？」

「找你有事嗎？找你有事嗎這句話還真是有意思呢和真大人，你應該很清楚我想說什麼了吧？」

克萊兒像是在忍耐著什麼似的，同時為了不得罪對她有大恩大德的我，謹言慎行地這麼說。

「你知道城裡的人對你的評價如何吧？」

「這我當然知道。外面對我好像有不少冷漠無情的誹謗中傷，不過沒關係，我的心靈並不會因為這點小事而受創。因為我可是在清明、除夕那種親戚團聚的時候，面對同輩的挖苦、長輩的說教都撐了下來，堅守尼特身分的男人。」

聽我這麼說，克萊兒像是在勉強自己承受著什麼似的表示：

「這樣啊，那真是太好了。看在你具備如此強韌的精神，又對這個國家多有貢獻的份上，我有件事想拜託你。」

「什麼事？有什麼我辦得到的事情嗎？」

說來說去，這個傢伙也不是什麼壞人。

我和克萊兒是憐惜愛麗絲的志同道合之士。

如果有我辦得到的事情，我當然想幫她。

「當然有了，有一件事情只有你才辦得到！」

說著，克萊兒突然臉色一變，露出笑容可掬的表情。

這時，從這樣的克萊兒背後現身的是——

「好久不見了，和真大人。」

負責教育愛麗絲的魔法師蕾茵，她也走了進來。

這兩個人怎麼會同時來找我啊？

像是要回答我心中這樣的疑問，蕾茵相當難以啟齒似的表示：

「那個……為了拯救愛麗絲殿下，和真大人在鄰國埃爾羅得的時候相當努力，這我都明白。而且，和真大人留在這裡，每天晚上都告訴愛麗絲殿下各式各樣的事情之後，愛麗絲殿下變得非常開朗，每天都過得非常開心……」

蕾茵這麼說，而克萊兒接在她後面說了下去：

「沒錯，殿下每天都非常開心。對此，我很感謝你。每天，王都隨時都有可能遭受魔王軍的成員襲擊，年幼的愛麗絲殿下待在這種地方，儘管沒有表現出來，但是心中的感受有多麼不安可想而知……你能夠為殿下稍微消除這樣的感受，我真的很感謝你。然後，我想達斯堤尼斯爵士也是被你這樣的特質所吸引吧……不過，重點就是這個不過……！」

克萊兒和蕾茵到底想說什麼啊？

正當我這麼想的時候，有人敲了我的房門。

因為門是開著的，來者應該是基於禮貌而敲門的吧。

然後俏皮地探出頭來的，是之前的落寞神情已經消失殆盡，一臉開朗的妹妹。

最近，像海綿一樣大量吸收了我教她的日本詞彙，並且完全運用自如的愛麗絲，開心地對我說：

「哥哥，你睡到這種時間未免太瞎了吧？外頭天氣超爆晴朗的，我們要不帶便當去外面吃吧！」

克萊兒和蕾茵聽她這麼說，哭著低頭求我。

「「和真大人，拜託你快點回去吧！」」

我超爆不願意。

6

「——逃到那邊去了！快抓住他——！」

幾個小時之後。

非常沒天理的，我被王城裡所有士兵追得四處逃竄。

從以前到現在，在我的記憶當中，我似乎不曾如此拚命動腦，展開如此激烈的戰鬥。

……不對，這麼說來好像有過一次，仔細想想那次也是和愛麗絲有關。

「別以為對手只有一個人就掉以輕心！他可是打倒了眾多魔王軍幹部和大咖懸賞對象的男人，不知道會使出什麼樣的技倆！」

如此傳來的是追趕我的克萊兒的聲音。

也不知道是不是因為聽見了她這麼說，我面前出現了幾名擋路的士兵。

「客人，我們不能再讓您亂跑了！」

「還請您別再做無謂的抵抗，乖乖就範……！」

我完全沒有理會士兵們的發言，把手藏到懷裡輕聲唸道：

「『Create Earth』。」

沒對付過我的人必中的常套手段。

「什、什麼？」

聽著眼前的士兵們疑惑的聲音，我出招了。

「『Wind Breath』——！」

「！唔啊啊啊！」

「我的眼睛……！」

被我攻擊眼睛的幾名士兵當場蹲了下去。

這時……我仔細一看，其中一名士兵帶著繩索，大概是要用來綑綁我的吧。
我從蹲在地上，毫無抵抗能力的士兵身上搶走繩索，繼續逃跑。
我得繼續像這樣設法甩開他們，逃到愛麗絲身邊才行。
沒錯，我還不能回去。
只要能夠逃到愛麗絲身邊，我就可以順利哄騙……不對，說服她站在我這一邊。
一名士兵撲向我，我便以手掌罩住他的鼻子之後……
「『Create Water』！」
「咳嘩！」
被我從鼻子硬灌水的士兵，眼中浮現淚水，劇烈咳嗽。
「和、和真大人！看你從剛才開始用來戰鬥的那種方式，你該不會是……！」
克萊兒看著這樣的我似乎察覺到什麼了，以顫抖的聲音喃喃自語。
然而，原本以為逃得很順利的我，似乎不知不覺間被趕進死巷裡面了。
當我發現情急之下彎進的巷子並沒有通到外面的時候，背後傳來克萊兒熟悉的聲音。
「……真是的。沒想到我這麼不長眼呢。」
我轉過頭去，對著帶領數名士兵的克萊兒擺出架勢。
無論如何，我都得突破這個困境，前往愛麗絲身邊才行。

胸懷如此的決心，我和擋在眼前的克萊兒展開對峙。

「太可惜了，克萊兒。一邊聽妳講愛麗絲小時候的故事，一邊和妳一起喝的酒真是特別好喝。如果我們不是這樣認識的，一定可以成為莫逆之交吧。」

「和真大人……對於這樣的道別方式，我又何嘗不感到可惜呢？另外，有一件事我必須向你道謝。感謝你之前拯救愛麗絲殿下遠離危險的魔道具。不過……」

「……不過？」

克萊兒以拔劍回答了我的反問。

原來如此，看來今天的克萊兒和平常不太一樣。

既然如此……

「唯有你搶走了愛麗絲殿下的戒指這件事我無法原諒。請你把那枚戒指還來。那並不是可以留在你手頭上的東西。如果你不願意歸還的話，我只能將你的真實身分公諸於世了。愛麗絲殿下或許會因此而傷心，不過這也是無可奈何的事情。好了，如果你不希望曝光的話，就乖乖照辦……」

既然如此，我也得全力對付她才算是合乎禮儀。

「妳根本無法公諸於世。畢竟，關係親密到愛麗絲以兄長稱之的人其實是義賊，這種事情應該算是王家之恥吧。好了，乖乖讓我通過吧，白套裝女。否則，我就得讓妳面臨哭著叫不要的遭遇了。」

面對著打斷她發言的我。

「……比、比方說？」

克萊兒過去應該會瞧不起我，冷哼一聲說我在虛張聲勢，一笑置之吧。但不知為何，她不但沒有動怒，還已經露出一臉快要哭出來的表情，提心吊膽地這麼問。

不知道這是怎樣的心境變化？

是因為她現在知道我是之前潛入王城的盜賊了嗎？

還是因為她親眼實際確認過我今天的表現了？

算了，是怎樣都無所謂。

我要前往愛麗絲身邊，繼續教育她。

心中藏著小小的決心，我拿起手上的繩索給她看。

「我會使用拘束技能以這條繩索綁住妳，然後不斷施展『Steal』，直到妳哭著向我道歉為止。」

「噫——！等、等一下！請、請你先等一下，和真大人！我好歹也是貴族家的千金！在這麼多人面前，你、你不可能對我做出那種離經叛道的事情……應、應該不會……對吧？」

對著略顯不安地這麼問我的克萊兒，我用力甩動繩索嚇唬她。

「順便告訴妳，我在對付達克妮絲的時候曾經拿水潑過她，也曾經用繩索捆住她然後綁在馬車後面拖著跑。信不信由妳。」

「撤退——！」

克萊兒帶著一臉扭曲的表情，以近乎尖叫的聲音發出撤退命令。

然而在場的士兵們的動作正好相反，一點一點拉近了距離。

像這樣被那麼多人正面進攻的話，憑我的力量根本無從應付。

「這裡交給我們吧，克萊兒大人！由我們來對付那個男人……！」

對方有四個人。

而且，那些士兵剛才已經從遠方看過我那招攻擊眼睛的伎倆了。

這樣一來，同樣的方法大概對付不了他們吧。

「好了，客人，乖乖和我們一起……！」

「『Bind』！」

那名士兵的話還沒說完，我立刻就施展了「Bind」。

他雖然想用自己的劍劈落繩索，然而在空中飛舞的繩索並沒有那麼容易砍斷。

那名士兵就那麼跟劍一起以不太美觀的狀態被綁了起來。

對方並沒有完全中招，以這個狀態而言遲早會被砍斷吧。

不過，只要有如此些微的破綻就夠了！

「抓住他！」

一名士兵如此大喊，準備撲向我的時候，我伸出一隻手大喊。

「『Wind Breath』！」

這只能讓他瞬間原地踏步了一下，但還是讓我身邊的包圍網產生了空隙。

「他只會用一些小伎倆！別害怕，一舉進攻！」

如此大喊的大概是這些傢伙的隊長還是什麼的吧。

「慢、慢著！不可以，那個男人……！」

克萊兒連忙如此吶喊，但已經太遲了。

我主動衝進對方的懷中，像是要和對方握手似的伸出一隻手。

那個男人還沒有搞清楚狀況就反射性地握住我的左手，於是我毫不客氣地使用了吸收技能。

「！」

看見那個男人當場跪倒在地，剛才嚇得原地踏步的士兵和另外一名士兵不知道發生了什麼事情，提高了警覺，停下動作。

趁著這個機會，我穿過士兵們身旁……！

「到此為止了，和真大人，這裡已經被包圍了！好了，我會用『Teleport』送你回去，我們回阿克塞爾去吧！」

逃出死巷之後，我看見了超過十名士兵。

率領著他們的蕾茵對我這麼說，臉色顯得有些蒼白。

跟在停下腳步的我身後，兩名士兵和克萊兒也出來了。

可惡，沒戲唱了嗎，沒有什麼辦法嗎！

我些許的期待也落空了，蕾茵帶來的士兵們將包圍網鞏固到滴水不漏。

不行，這並不是我能夠隨便應付的人數。

但是，我還有很多事情沒有教愛麗絲啊……！

「好了，和真大人。請你不要再抵抗了，乖乖回去吧……你這場一個多小時的大逃亡，造成在結凍的地面上滑倒的傷者數名，依然被『Bind』綑綁的士兵數名，還有一些人不知道因為你用了什麼方法導致失去魔力而昏迷……還真虧你一個人就可以搞出這麼多名堂來……簡直就像之前潛入王城的賊人似的……」

蕾茵的聲音聽起來有點傻眼，同時又有點佩服。

「呼……呼……你、你這個男人，真是教人難以置信……難怪御劍大人會輸給你兩次，其中的緣由我已經清楚到不想再清楚了……也不知道你到底擁有怎樣的技能，不但能夠輕易察覺到我們的氣息先行逃跑，明明被追趕到無路可逃的地方還是可以輕易消弭蹤跡……」

被我甩掉好幾次的克萊兒一臉疲憊地對我這麼說。

她大概是在說感應敵人技能和潛伏技能吧。

除此之外，我還運用讀唇術技能和千里眼技能從遠方讀取這些傢伙的指令，就算被追到了也可以用逃走技能繼續逃亡。

但儘管我如此抵抗還是無法成功脫逃，被困在這種地方。

不過，如果我是個會在這裡走投無路的普通男人，肯定就無法和那麼多魔王軍幹部分庭抗禮了。

見我靜止不動，克萊兒大概是以為我放棄了而感到放心，便緩緩走向我，然而……

「吶，蕾茵，我們談個交易吧。」

我絲毫沒有表現出要抵抗的樣子，平靜地對蕾茵訴說。

聽我這麼說，克萊兒的表情一僵。

然後，蕾茵的眉毛抽動了一下。

「我記得，蕾茵是個家世不算太大的貴族對吧？妳也知道，我和達克妮絲的感情很好，而且達克妮絲的老爸對我的印象也不錯。我們的關係已經好到他會叫我好好照顧他的女兒，他甚至也願意把刻有達斯堤尼斯家紋的項鍊交給我保管的地步。」

「閉嘴！別聽他說的話，蕾茵，別讓那個男人的話語迷惑妳！」

聽了我這番話，蕾茵吞了一口口水，而克萊兒則是歇斯底里地這麼大喊。

「……然後，我和愛麗絲的關係也已經好到會直接以名字互稱了。現在愛麗絲這麼仰慕我，妳真的捨得拆散我們嗎？愛麗絲會希望這種事情發生嗎？妳在這裡賣我一個人情，就等於是讓達斯堤尼斯家和愛麗絲對妳的印象加分。換句話說，這事關妳的升遷啊，蕾茵。」

「別聽他胡說，蕾茵！就算妳賣了達斯堤尼斯家一個人情，同時也會欠我一個人情！與我為敵當心以後沒有好下場啊，蕾茵！更何況！為了愛麗絲殿下的將來著想，無論殿下和這個男人變得多麼親暱都該拆散他們，這才是為了愛麗絲殿下好！妳也很清楚吧，要是和這個男人在一起，愛麗絲殿下會變得越來越廢！妳回想一下愛麗絲殿下最近的表現！」

被夾在我和克萊兒中間的蕾茵一臉苦惱，不知所措。

蕾茵帶來的十多名士兵們，大概全都是蕾茵家的私人軍隊吧。

因為她們的主人蕾茵拿不定主意，他們也無法動手把我逮住。

然後，因為蕾茵的私人軍隊沒有動作，跟著克萊兒一起追捕我的士兵們也不敢動手。

滿頭大汗的蕾茵來回看著我和克萊兒。

還在煩惱還在煩惱，看起來只差臨門一腳了。

「吶，蕾茵，妳仔細想清楚。對付過魔王軍幹部和懸賞對象的我，難道不算是這個國家的戰力嗎？在這麼短的時間，妳也已經充分了解到我的實力了吧？讓我待在這座城堡裡當愛麗絲的玩伴，同時在緊要關頭還可以協防城堡。我最擅長的就是擬定作戰計畫、尋找弱點了……如何，完全沒有任何壞處吧？愛麗絲有了玩伴很開心，我也很開心，國民因為多了一個戰力堅強的冒險者一樣很開心，蕾茵得到達斯堤尼斯家和愛麗絲的喜愛同樣很開心。對吧？這樣不就得了？」

「…………」

「蕾茵，不要沉默不語！更不要覺得『原來如此，對耶！』還拍手！好……好吧，我知道了！蕾茵，我記得妳們家還扛著些許債務對吧？不如由我們家代為清償那筆債務吧！我記得有個幾千萬對吧？如何，這對妳而言應該不壞吧？」

蕾茵原本差點就要聽信我的說詞了，但克萊兒這句話似乎相當管用。

面對我的蕾茵輕聲說了句「對不起」，低下頭來。

聽見她的道歉，克萊兒總算安心了，露出鬆了口氣的表情。

——如果我只是個普通冒險者的話，事情應該就到此結束了吧。

不過，這個時候當然要展現出男子氣概才行。

「聽好了，蕾茵。我的個人資產已經不下十億了。我想妳應該明白這代表……」

「押、押住他！別讓這個男人有機會繼續說下去！」

在我把話全部說完之前，已經被克萊兒的部下溜到我的背後壓制住了。

「可、可惡的卑鄙小人！我剛才還在談判耶，不准中途搗亂！喂，克萊兒，小心我脫妳內褲喔！妳剛才也威脅過蕾茵，不過與我為敵的話該當心以後沒有好下場可是妳喔！」

「我知道，我非常清楚，和真大人！老實說，現在你比任何政敵和怪物都還要讓我害怕！不僅個人能力強、口才好，更有不少門路。我也知道你家財萬貫，但沒想到居然多到那種地步……！」

在指示士兵們確實制住我的雙手的同時，克萊兒說：

「蕾茵，妳有遵照我的指示，將消除記憶的魔藥帶來了吧？」

消除記憶是怎樣？

士兵們把聽見危險的詞彙而感到不安的我壓制得更用力了。

「我也不想做出這麼粗暴的舉動，但要是繼續讓你待在愛麗絲殿下身邊，真的會造成不良影響。然後，既然採用了強制遣返這種粗暴的處理方式，你一定會對我們懷恨在心吧。老實說，不知道會搞出什麼名堂的你讓我感到非常害怕。所以很抱歉，從現在一直回溯到你和達斯提尼斯大人一起決定要回阿克塞爾那一天。沒錯，也就是在你看過小朋友們的信，幹勁十足的那個時候之後的事情，我要請你全部忘掉……好了，蕾茵！」

喂，等一下。

要讓我忘掉決定回去的那天之後的事情？

這就表示，連愛麗絲對我說她最喜歡哥哥的記憶也會……

「我、我知道了。真的可以嗎？這種魔藥，運氣不好的話喝了可能會因為副作用而變成白痴，太不人道，而被視為禁忌的魔藥……用、用了真的沒關係嗎？」

蕾茵對克萊兒說出這種非常嚴重的事情，同時拿著魔藥走到我身旁來……！

「住、住手——！不准餵我喝那種奇怪的東西！妳們給我記住，現在是白天算妳們走運！原本我最能夠發揮出真正價值的時候應該是晚上。有夜視、感應敵人，還有潛伏技能的我，無論是怎樣的宅邸都有辦法溜進去，只要有弓箭的話無論距離多遠都可以狙擊妳們！妳們給我記住！給我記住！」

「快、快點！快點把魔藥灌下去啊蕾茵！好可怕！這個男人真的太可怕了！剛才那些居然還不是他的真本事！應該說，這麼說來，這個男人也沒有使出差點讓御劍大人窒息的那種凶惡的『Freeze』套路。也就是說，剛才那樣已經是放水的表現了！蕾茵，動作快！快點將他從那一天到今天為止的記憶完全消除掉！」

「我擔任護衛也已經很久了，不過這個人真的非常誇張！還、還是快點餵他喝魔藥好了……！乖，和真大人，張開嘴……！」

在城堡範圍內的一角，兩名貴族家的千金小姐夾住被士兵壓制住的我，朝我的臉伸出手，拚命想要把我的嘴撬開。

客觀來說這或許算是某種左擁右抱，不過別開玩笑了！

「『Tinder』！」

「好燙！好燙好燙！啊啊，我最珍惜的昂貴披風燒出洞來了！」

「這個男人，都已經變成這個狀態了還想抵抗到最後嗎……！你真是讓我由衷感到敬畏啊和真大人！蕾茵，披風我之後再買給妳就是了，妳開始詠唱『Teleport』吧！餵他喝魔藥的工作交給我！」

克萊兒拿走蕾茵手上的魔藥，帶著狗急跳牆的表情逼迫我。

為什麼是妳露出那種表情啊，被逼到走投無路的是我吧！

蕾茵迅速詠唱著魔法，魔藥也已經被塞到我嘴邊，就在這個時候。

「哥哥！」

大概是聽見騷動趕了過來吧。

雖然還隔了一段很長的距離，但愛麗絲已經從遠方筆直往這邊衝了過來，同時以快要哭出來的聲音如此吶喊。

快要被人亂來的公主在差點遭殃的時候被勇者救了。

只看狀況的話完全就是這種感覺，但是最重要的角色分配卻顛倒了。

愛麗絲一看見被壓制住的我便說：

「克萊兒，妳到底想對哥哥做什麼！我現在超爆生氣的喔！妳現在不馬上住手的話我可不會原諒妳喔我說真的！」

「愛麗絲殿下，什麼我說真的、超爆什麼的、哥哥之類的，請您不要再用那些詞彙了！對於會遭受您的責罵我早已有所覺悟。我現在就要讓這個男人喝下消除記憶的魔藥，然後將他退貨到阿克塞爾去！」

愛麗絲赤手空拳摺倒擋住去路試圖阻止她的士兵們，同時說：

「妳這樣超爆不可原諒的！」

「愛麗絲殿下繼續用那種詞彙才是超爆不可原諒喔！」

「連克萊兒大人都傳染到那種遣詞用字了！『Teleport』的詠唱已經結束了，隨時都可以退貨！」

可惡，明明就差一點了！

「兄長大人！」

知道已經趕不上了之後，愛麗絲當場停下腳步，順了順呼吸，拚命對我吶喊：

「兄長大人，如果我們能夠再見面，這次我絕對不會再離開你了！」

我可愛的妹妹堅強地如此大喊。

「愛麗絲，哥哥會回來的！而且，下次回來的時候絕對不會離開王城，還會過著每天只顧著玩的生活！」

「你這個男人居然在這種場面說出這種話來！好了，請你把嘴巴打開！蕾茵，在我把魔藥灌進去的同時傳送他！」

克萊兒在如此宣告的同時，將魔藥硬塞進我的嘴裡。

那似乎是一種立刻見效的魔藥，在我隨即感覺到腦袋變得沉重，意識也急速變得模糊之際……

「如果你想起我，請寫信給我！我相信兄長大人總有一天一定會打倒魔王，我一定會等你的——！」

第二章

對室友執行人誅！

1

當我回過神來，發現自己不知為何站在阿克塞爾的入口。

…………？

怪了，我想不起發生過什麼事。

怎麼搞的，總覺得我好像失去了某種重要的事物……？

感覺就像是失去了追尋已久之後才終於找到的重要家人似的……

這種喪失感是怎麼回事啊？

我記得，是被我的宿敵克萊兒……

克萊兒？

這是怎麼回事，我為什麼會覺得克萊兒是我的宿敵啊？

那個傢伙和我同樣寵溺愛麗絲，應該是同志才對啊。

可是不知怎地，我總覺得自己必須報復克萊兒才行。

話說回來，我應該是在愛麗絲的央求之下在城裡多住一晚，然後在送達克妮絲她們離開之後，和愛麗絲在房間裡講很重要的事情才對。

我記得愛麗絲對我說……

對我說過什麼來著？

……奇怪──？

怎麼搞的，總覺得還是不太能夠釋懷。

雖然不太能夠釋懷，不過唯獨克萊兒，我之後一定要想辦法報復她。

因為心中近乎本能的部分一直叫我一定要動手。

也罷。

託小朋友們寫的信的福，現在的我前所未見地充滿幹勁。

我想，那些傢伙現在的心情一定也和我一樣吧。

我漫步走在睽違已久的鎮上，朝豪宅前進。

埃爾羅得之旅我們去了幾天來著？

之後又在王城裡待了兩個星期左右，不過是這樣而已，我卻覺得好像已經很久沒有回到這個城鎮來了，這是為什麼呢？

在這麼想的同時，我已經回到自己的豪宅來了。

然後我試圖打開大門……

卻發現大門動也不動。

「……？」

不是吧，只要有人在家，我們明明無論何時都不會鎖門啊。

這就表示大家都出門了嗎？

或許是按捺不住雀躍不已的心情，去冒險者公會找委託任務了吧。

也罷，待在這裡總會等到她們回來才對。

應該說，她們再不快點回來的話我就慘了。

我把行李之類的東西全都交給達克妮絲了，手邊沒剩多少錢。

……嗯？

「奇怪，錢包不見了？糟糕，是不是掉在哪裡了啊？我又不記得自己有到處亂跑，到底會掉去哪裡啊？」

幸好剛從埃爾羅得回來，裡面的錢幾乎都花去買紀念品了，應該也沒剩多少才對。

錢包只要再買過就好了。

沒辦法，只好在這裡慢慢等她們回來了。

——就在我這麼想，發呆一陣子之後，時間已經將近黃昏了。

「太、太慢了吧……！她們三個傢伙到底在幹嘛啊……！要去冒險者公會看看嗎？不對，要是剛好錯過就麻煩了，不如說都已經等到現在了才跑去公會好像就輸了……」

我在搭建於豪宅庭院裡的雞窩前面，對著爵爾帝抱怨。

小屋裡面布置著用好幾條軟綿綿的毛毯捲成的溫暖睡床，在裡面睡得很熟的小雞和被關在豪宅外面的我正好相反，享有清水和飼料，根本就是ＶＩＰ待遇。

……這時，我忽然察覺到一件事。

「你是不是長大了一點啊？」

我看著正在睡覺的爵爾帝，抱腿坐在雞窩前面動也不動。

不是聽說這個傢伙蘊藏著高強的魔力，所以成長會比較慢嗎？

也罷，畢竟我們旅行了一趟回來，或許是會發生這種事吧。

就在這個時候。

「偷龍賊——！」

有人打開豪宅二樓的窗戶，對著我如此大喊。

我很想吐嘈妳叫誰偷龍賊啊之類的，不過會堅稱爵爾帝是龍的人，在這間豪宅裡也只有一個了。

「妳這個傢伙說誰是賊啊混帳。應該說妳也該承認牠是小雞了吧。既然在豪宅裡就乖乖把門打開啊。害我以為裡面沒人在，還一直在這裡等人回來耶。」

聽我這麼說，阿克婭只是默默盯著我看。

…………？

「我聽不太懂你在說什麼耶。我和惠惠還有達克妮絲商量之後的結果，這裡已經是美麗的女神阿克婭的豪宅了。達克妮絲在這個城鎮有老家可以回去，惠惠也有紅魔之里的老家，所以她們都說這裡就給我了。事情就是這樣，這裡現在是我的豪宅了。你不是要住在城堡裡面嗎？離開這裡。快點離開我的庭院！」

…………

「妳這個傢伙是怎樣？我平常就覺得妳已經夠笨夠蠢了，不過今天到底是怎麼了，笨得特別嚴重耶。我看妳還是施展魔法治療一下自己的腦袋試試看吧。如果這樣還治不好我就立刻帶妳去醫院。」

聽我這麼說，阿克婭便緊緊關上二樓的窗戶。

…………

我繞到大門去，在門上用力亂敲。

「我回來了——！達克妮絲、惠惠，妳們在的話就幫我開門啊——！阿克婭那個笨蛋把門鎖上了！」

我一邊敲門一邊大喊，這時有人打開位於大門上方的二樓陽台的窗戶。

原本以為又是阿克婭，結果探出頭來的是惠惠和達克妮絲。

這樣我就放心了。

……然而，這樣的想法瞬間消失。

「事到如今，真虧你還敢厚著臉皮出現在我們面前啊，和真。在王城裡住了一個星期，還覺得開心嗎？」

……住了一個星期？

正當我對達克妮絲的發言感到疑問的時候。

「呵呵呵，你未免也把我們看得太扁了吧……！那麼盡力耍帥，還叫我們先回來，結果之後就那樣一個人賴在王城裡……！營造出那種氣氛卻做出這樣的舉動，就連我也沒有想到事情會變成這樣！」

不知為何卯起來抓狂的惠惠在窗邊這麼說，同時還拿著手上的法杖用力揮舞。

不對，妳們等一下。

「喂，慢著。什麼叫妳們先回來之後我又在王城裡待了一個星期啊？這到底是怎樣？我只住了昨天一個晚上吧。為什麼現在會…………奇怪？」

奇怪，好像有什麼事情不太對勁。

這種不舒坦的感覺是什麼啊？

聽我這麼一說，惠惠變得更加激動。

「喂，你竟敢裝傻。不然我們來實驗一下爆裂魔法可以讓人飛得多高好了！」

在她做出這種危險發言的時候，達克妮絲忽然歪著頭說：

「……和真，你在王城闖了什麼禍？他們是不是餵你喝了王家也很少使用的，被視為禁忌的消除記憶魔藥啊？根據服用的量，可以完全消除記憶。我記得如果運氣不好的話，那種藥的副作用可能會讓人變成白痴，不過看來不需要擔心這個。」

「在我看來，這個男人已經在說很白痴的話了啊……不過，消除記憶的魔藥是吧？……

的確，他的態度從剛才開始就很奇怪……該不會是在假裝失去記憶來唬弄我們吧？……可是，如果是真的失去記憶，制裁這種狀態的和真總覺得也只會受到良心的苛責耶……」

惠惠似乎仍然有點不滿，但還是一邊嘆了口氣，一邊露出放棄的表情。

雖然搞不太懂，但根據達克妮絲的推測，我的記憶似乎被消除了。

……嗯……

「我的記憶當中，只有送妳們出發之後沒多久的事情而已。我記得在那之後我就被叫到愛麗絲的房間去，然後……」

這麼說來，雖然對方是妹妹，不過我既然去了女生的房間，怎麼可能不記得呢？

……原來如此，消除記憶啊。

我想，我一定是因為天生的好運而不小心知道了什麼重大的國家機密吧。

然後，王城內因為該如何處置得知祕密的我而爭論不休。

照理來說，如果是冒險者知道了國家機密，那種無名小卒應該會為了封口而被收拾掉才對。

但是知道了祕密的是本大爺。

祕密被外面的人知道了，不能置之不理。

但是，我是個建立許多功績的勇敢冒險者，為了封口而除掉我的話有損國家利益。

所以才採取了折衷方案，決定消除我的記憶吧。

嗯，一定是這樣沒錯。

我自己也越來越相信是這麼回事了。

「喂，雖然我不是很清楚，不過我覺得自己大概是因為天生的好運和容易被捲進麻煩之中的體質，無意中知道了什麼重大的國家機密。然後，他們為了該怎麼處置我這個重要人物，花了好幾天召開緊急會議。這段時間內，為了不讓妳們因為我沒有回來而擔心，才瞎扯了一封信寄回來吧……最後，開會的結果認為殺掉我太可惜，所以才像這樣消除了記憶之後放我回來。我是這樣猜想的啦，妳們覺得如何？」

說著說著，我自己都覺得這樣推測八成沒錯了。

而且，這一連串事件的幕後黑手，大概也是我所知道的人物。

「嗯……大致上說來倒也還算是切中要點……吧？否則，除此之外，我也想不到有什麼理由要特地強灌這個男人消除記憶的魔藥了……」

達克妮絲一邊這麼說，一邊抱胸歪頭。

「是、是這樣嗎？以這個男人的個性，我覺得他也很有可能只是因為愛麗絲對他撒嬌而被氣氛沖昏了頭，然後就那麼決定要留下來了……不過，這種事情應該不構成記憶被消除的理由吧。嗯……」

說著，惠惠開始苦思。

面對這樣的兩人，我說出唯一一件心裡有底的事情。

「妳們都知道那個叫克萊兒的傢伙對吧。我總覺得那個傢伙就是所有事件的元凶。我和她應該已經因為愛麗絲而打成一片了才對，但不知為何，我卻一直覺得要報復那個傢伙。」

聽我這麼說，達克妮絲的表情變得越來越凝重。

「……原來如此。詩芳尼亞家的宗主確實應該有使用消除記憶魔藥的權限才對。而且，她是在國家的中樞管事的人。何況你和克萊兒大人的交情，確實已經變得很好了才是……嗯，感覺好像有點可信度了。」

在達克妮絲如此表示之後，惠惠也接著說：

「好吧，既然你都像這樣乖乖回來了，就這樣算了吧。不過相對的，這陣子你都沒有陪我去爆裂散步，所以從明天開始……」

——從明天開始，你要陪我去爆裂散步喔。

惠惠一定是想這麼說吧。

「妳們兩個在說什麼啊？妳們是笨蛋嗎？居然把那種從嘴巴先生出來的狗屎尼特說的話當真，妳們有沒有毛病啊？這個蘿莉控尼特肯定光是聽見一句『我最喜歡哥哥了』就被沖昏頭說要留下來，是個這樣的男人喔。然後就那麼過著有執事和女僕伺候身邊大小事的生活，爽過了頭，就覺得我們一點也不重要了啦～～乾脆在王城悠閒度日算了～～肯定是這種感覺好嗎。」

如果這個女人沒有來破壞這股感覺好不容易快要大事化小，小事化無的氛圍的話……

我仰望她們三個探出頭來的二樓窗戶，對著說得簡直像是親眼目睹似的阿克婭說：

「唔、喂，不准說那種沒有禮貌的話。事情怎麼可能是那……樣…………奇怪——？」

怎麼搞的，她剛才的發言好像快要讓我想起什麼重要的事情來了。

看見我這樣的反應，阿克婭勝而驕矜地說：

「妳們看吧！我要暫時禁止你出入這間豪宅。如果你無論如何都想要我放你進來的話，就得跪著磕頭說阿克婭女神對不起，並且從此以後每天都要照三餐敬拜我，對我祈禱。做到這種地步的話我就可以放你進來。如果辦不到你就滾蛋！快點滾蛋啦！真是的，請你不要再來誆騙我們家的達克妮絲跟惠惠了好嗎？」

做出這種瞧不起人的發言的同時，阿克婭緊緊關上窗戶。

「喂，妳開什麼玩笑啊，給我等一下！」

我連忙想挽留她，但阿克婭一副沒有話要繼續跟我說下去的態度，跑到別的地方去了。

……那個臭女人——！

我決定乾脆打破一樓的窗戶強行突破，於是走向窗邊……

「喂，這是怎樣？」

然後看見窗戶便啞口無言。

乍看之下，一樓的窗戶從外面用木板釘了起來，以現狀來說很難從窗戶進出。

在我為了拆掉木板而耗費時間的時候，阿克婭就會聽見我動手的聲音而跑來妨礙了吧。

呃……

我明明是被害人才對吧，這下子該怎麼辦呢？

話雖如此，我也不可能對那個傻子下跪磕頭。

我應該沒有做任何壞事或是虧心事才對。

……正當我煩惱不已的時候，一個小小的東西掉到我的腳邊。

我不經意抬頭一看，只見偷偷打開窗戶丟東西下來的惠惠的背影。

我看向她從二樓丟下來的東西，總覺得好像在哪見過……

啊啊，對喔。

那是惠惠平常在用的錢包。

看來，惠惠是擔心在埃爾羅得花了很多錢的我手頭可能沒什麼錢，所以才會丟錢下來給我吧。

仔細想想，銀行的存摺也在家裡面，錢包也掉了，老實說這讓現在的我覺得非常感激。

不久之後，惠惠一臉事不關己，頭也不回地離開現場。

就在我撿起惠惠的錢包時，一道黑影籠罩住我。

我再次抬頭一看，只見有人丟了一個布包到我腳邊來。

窗邊隱約可見的，是在陽光當中閃爍的金髮。

看來，達克妮絲也偷偷丟了東西給我。

妳們兩個願意幫我是很感激啦，不過與其做這種事情，我更希望妳們去說服那個笨蛋之類的搞定她。

我打開達克妮絲丟下來的布包，裡面放的是我慣用的弓箭。

同時還有我至今使用過好幾次，箭頭成鉤狀還綁著繩索的箭，光是這樣就讓我知道了達克妮絲的意圖。

用惠惠的錢去吃個飯，晚上再用她丟下來的弓箭，從二樓的窗戶爬回來……她是想這麼說吧。

……沒想到，我居然淪落到必須潛入自己家的地步。

2

話說回來，這下該如何是好呢？

「一共九百艾莉絲。」

就算要在深夜闖進豪宅好了，我之前能夠成功潛入達克妮絲的老家，有個很重要的因素是用阿克婭的支援魔法強化了我的體能。

達克妮絲是丟了弓和綁著繩索的箭下來給我，但在沒有支援魔法的狀態下，以我平常的體能真的有辦法像之前那樣靜悄悄地潛入嗎？

在酒館吃完晚餐之後，我為了結帳，打開惠惠丟下來給我的錢包……

「…………」

然後從塞滿集點卡和優惠券的錢包裡面拿出一千艾莉絲付帳……

「找您一百艾莉絲。謝謝惠顧，歡迎您再次光臨——！」

不知為何，用惠惠的錢讓我非常有抗拒感。

不，集點卡、優惠券之類的讓人覺得她可以當個好主婦是還不錯，但是用了這筆錢讓我覺得有點心痛。

那個傢伙平常幾乎都把錢放在我這邊。

我給惠惠的錢她好像幾乎都寄回去老家了，要是我順利回到豪宅的話，就算她再怎麼推辭，我也要多還點錢給她。

……不過這下麻煩了，這次要潛入豪宅，無論如何還是阿克婭最為棘手。

那個傢伙平常明明都在發呆，真的只有在無謂的時候直覺特別敏銳。

而且，她的夜視能力還比我強。

如果她可以乖乖喝了酒早早去睡的話當然是最好，但我覺得那個不識相的傢伙只有在這種時候會保持清醒。

我也說不上來是為什麼，不過和她相處了這麼久的我就是這樣覺得。

一旦成功進到室內，我就有自信不會輸給阿克婭，但要是在爬上去的過程中被她發現了，她肯定會對我動手。

我一邊思考著潛入豪宅的路線，一邊在街上閒晃，準備打發時間到阿克婭她們熟睡的深夜，就在這個時候。

「哎呀，好久不見了。用喜歡自己的女人給的錢填飽了肚子現在感到相當滿足，和小白臉沒什麼兩樣的男人啊。汝在這種深夜出來散步嗎？今晚是滿月，充滿了魔力，天氣非常適合散步！吾接下來要散步到阿克西斯教堂，順便爬到最高的地方，將設置在屋頂上的教徽換成性感的蘿蔔，汝要不要一起來啊？」

「……不要。你啊，小心到時候被發現了會被大卸八塊喔。」

我撞見了巴尼爾。

他的手上確實是拿了一根形狀很性感的蘿蔔。

惡魔不需要睡眠，所以大概每天晚上都很閒吧。

…………

「吶，巴尼爾。你現在很閒吧？我可以拜託你一件事嗎？」

為了闖進女神守護的宅邸，借用惡魔的力量。

聽起來好像有損道德的感覺……

「哦？汝是確實了解對惡魔有事相求所代表的意義才這麼說的嗎？對吾等有事相求之際，必須準備相應的代價。身為大惡魔的吾，代價可是很昂貴的喔。」

巴尼爾揚起嘴角，露出很有惡魔風範的邪惡笑容。

照理來說，這種時候我應該會稍微感到害怕才對，但是他手上那根性感的蘿蔔更是讓我好奇到不行。

「下次我去維茲的店大量收購沒必要的高價商品就是了。」

「汝，偉大的常客先生啊，有什麼事都儘管包在吾身上吧！……要不要順便附贈這根蘿蔔呢？」

「不需要。」

——草木皆已沉睡的丑時三刻。

這個時間正是惡魔和尼特最為活躍的時段。

「呼哈哈哈哈哈！呼哈哈哈哈哈哈哈！」

「混、混帳，不要在這種時間大笑！你為什麼偏偏就今天特別亢奮啊！」

在這個任何人都已經入眠的深夜時分，我和巴尼爾來到豪宅前面。

「呼哈哈哈哈哈哈，今晚的吾情緒特別高亢！在滿月之夜襲擊女神！這樣教吾怎麼能不亢奮呢！」

拜託這個傢伙該不會是個錯誤的決定吧？

總而言之，順序是這樣的。

首先，由我循一般方式嘗試潛入。

雖然沒有支援魔法的助力，不過如果這樣就能成功的話，作戰就結束了。

如果單憑我的力量無法攀爬上去，或是在潛入的途中被發現，就請巴尼爾突襲豪宅。

就像阻止了夢魔進入的那個時候一樣，阿克婭一定張設了對抗惡魔用的結界。

只要巴尼爾接觸到那個結界或是怎樣，阿克婭應該會過去查看才對。

之後我再趁機設法潛入。

目標是完全進入豪宅內部，教訓阿克婭一頓或是怎樣的設法和解，不然就是鎮壓豪宅。

退而求其次的目標，是將放在豪宅的我的房間裡的存摺搶回來。

坦白說只要有錢，就算被阿克婭關在外面，我也可以在風波平息之前先住旅店，過一陣子遊手好閒的生活就可以了。

不對，既然可以每天大大方方地玩到爽，不如說這樣或許還比較好吧。

總之作戰計畫就先這樣決定了，我在巴尼爾的看顧之下，對準設在自己於豪宅中的房間的屋頂舉起弓……！

「……怪了。」

忽然間，我察覺到事情不太對勁。

白天明明應該沒有那種東西才對，現在我房間的窗戶卻從裡面釘上了木板。

我連忙確認其他房間的窗戶，但剩下的房間也都被木板封死了。

會對這種事情這麼認真，時間又多到不行的傢伙，我只想得到一個。

正當我因為計畫一開始就受挫而煩惱著該如何是好的時候，忽然察覺到一件事。

並不是所有窗戶都被封起來了。

也就是，住在這間豪宅裡的人房間的窗戶。

惠惠和達克妮絲大概也反對自己房間的窗戶完全不能打開吧。

阿克婭肯定也覺得有達克妮絲和惠惠在房間裡，就算我闖進去也沒問題而感到安心。

既然惠惠和達克妮絲都丟了錢包和弓箭給我，我應該可以當作她們願意協助我才對。

「巴尼爾，用你的千里眼能力看我一下好嗎？幫我看看要從惠惠的房間的窗戶，還是從達克妮絲的房間的窗戶闖進去比較好。」

「嗯。透視汝的時候還是老樣子，籠罩著一陣令人厭煩的光芒讓吾看不清楚……有了有了，無論從哪一邊闖進去，結果都一樣，不過從搞笑種族女孩的房間潛入為佳。屆時將有一些小獎勵。去吧。」

我詢問巴尼爾之後，他很乾脆地給了我這樣的答案。

從哪一邊闖進去的結果都一樣讓我有點在意，不過小獎勵又是什麼啊？

「惠惠房間的窗戶是吧。好，我這就去！」

3

我來到惠惠的房間正下方的位置，從這裡瞄準屋頂射出箭。

為了盡可能不發出聲響，我瞄準了屋頂最頂端的位置。

在這個距離之下，只要併用狙擊和千里眼技能絕對不可能失手。

射出去的箭不偏不倚地勾在屋頂上，為了保險起見，我一次又一次用力拉扯拖在箭後面的繩索。

我暫時觀察了一下狀況，不過沒有任何有人醒來的跡象。

我轉頭看向巴尼爾，以眼神向他表示我要開始爬了。

接著，我就沿著從屋頂垂下來的繩索，往惠惠的房間……

往惠惠的房間……

「……呼……呼……！」

沒有支援魔法爬起來比我原本想像的還要吃力！

不知道是錯在繩索太滑，還是因為幾乎完全只能靠臂力爬上去但我的肌力卻不夠。

儘管如此，我還是想盡辦法攀住繩索，總算爬到手可以掛在窗台的高度。

我以左手緊緊握住繩索，右手攀住窗台，維持這個狀態順了順呼吸。

然後，在呼吸沒那麼急促之後，我試著輕輕敲了敲窗戶。

敲了一陣子之後，惠惠總算拉開窗簾，一看見是我，她便輕輕笑了一下。

不知道是不是我多心了，惠惠的表情看起來好像有點開心。她開始手忙腳亂地試圖打開窗戶的鎖，就在這個時候。

「我來巡視了喔——！惠惠，妳還醒著嗎？我覺得以那個男人的個性，一定會在這個時段嘗試從惠惠或達克妮絲的房間闖進來！我們可能得暫時過一下日夜顛倒的生活了，妳忍耐一下喔！」

從惠惠的房間外面傳進來的是阿克婭的聲音。

那個女人是怎樣，平常腦袋明明就沒那麼靈光，為什麼偏偏只有這種時候……！

現在那種能夠確實預測接下來會怎麼發展的腦袋，如果她平常也願意隨時發揮的話，我不知道可以少吃多少苦頭……！

聽見門外傳來那個聲音，惠惠連忙迅速拉上窗簾。

「我醒著啊，阿克婭。放心吧，我這邊沒問題。阿克婭要不要也稍微休息一下啊？而且，就算稍微被他闖進來一下也沒關係吧。和真好像是因為被灌了藥而喪失記憶，我們也差不多可以原諒他了吧……」

惠惠這麼幫我說話之後，響起了有人猛然打開門的聲響。

「不可以喔惠惠，尼特不是拿來寵的！我看是這樣吧，惠惠是喜歡上沒用的渣男也會寵他，全心全力服侍男人而吃盡苦頭的那種女人對吧！然後無論妳喜歡上的渣男出軌再多次，搞了半天還是會因為喜歡他而原諒他，妳就是那種類型的女人對吧！我清明澄澈的眼睛看到的就是這樣，絕對不會錯！」

「妳妳妳妳、妳在說什麼啊！才、才沒有這回事呢……！」

聽阿克婭指出這點，惠惠顯得十分慌張。

對於惠惠的反駁，阿克婭只是「嗯——？」地悶哼了一聲，一副知道內情的樣子……

不，那不重要。

那種在一般狀況下我會有點想聽的事情現在一點都不重要！

「惠惠、惠惠，難不成……」

「怎樣啦！妳、妳是怎樣！」

在惠惠和阿克婭如此對話的過程中，我的手心開始冒汗，害得繩索越來越滑。

而我現在只靠腕力在支撐身體，所以手臂已經開始發抖了……！

就說了，現在那種戀愛喜劇般的對話已經不重要了！

「惠惠妳……！難不成，妳是喜歡那個名叫達斯特的渣男……！」

「並不是。」

混帳東西——！

因為流汗而變得濕滑的手讓我無法繼續抓緊窗台和繩索，終於因為手滑而失去平衡，眼看就快要掉下去了。

可惡，誰來救救我啊！

聽見了我這樣的心願的人。

既不是自稱女神的怪人，也不是我只有在死掉的時候才見得到的正牌女神。

「呼哈哈哈哈哈哈！呼哈哈哈哈哈哈！出來吧出來吧廁所女神啊！今晚是滿月，乃吾等惡魔族之魔力高漲至最高點的高貴夜晚！身為地獄公爵的本大惡魔，來送汝上路了！」

而是每天都在為虧損而煩惱的魔道具店打工店員，在豪宅的正門口如此報上名號。

4

「快點，趁現在，和真！阿克婭臉色大變，已經往大門衝過去了，快點，抓住我！」

我一隻手抓住惠惠伸出來的手，另外一隻手抓著窗台，撐起上半身。

拉著這樣的我的手，肌力的數值比我還要高的惠惠抱住我，把我拖進房間裡面。

——這時，遠方傳來了這樣的聲音。

『總算露出本性來了啊，你這個古怪惡魔！我才要在這裡送你上路呢！』

『試試看吧儘管試試看吧，有本事汝就試試看吧！接招，巴尼爾式——！』

聽著兩人這樣的喊叫聲。

「呼呼……呼呼……！」

疲憊不堪的我依然抓著惠惠的手，在房間裡面大口喘氣。

惠惠則是維持著抱住我的姿勢，直接關上了房間的窗戶。

好不容易進到房間的我，就那麼和惠惠以牽著一隻手的狀態抱在一起動彈不得，上氣不接下氣。

「呼……呼……！惠惠、惠、惠惠，呼……呼……！」

「等等……！和、和真，你的呼吸！你的呼吸這樣不行，抱著我還一邊叫我的名字，一邊喘氣，這個畫面看起來非常糟糕啊！」

我原本打算向惠惠道謝，但是呼吸穩不下來，連話都說不好。

的確，這個畫面好像怎麼看都只能解釋成夜襲的一幕。

『阿克婭，這場騷動到底是怎麼回事……巴尼爾，你這個傢伙在這種時候到底在幹嘛啊！在這種大家都煩躁到不行的時候你到底在想什麼……！』

『喔喔，這不是因為那個平常負責虐待汝的小鬼消失了一個星期，而在最近見不到面的寂寞與欲求不滿之下煩躁不已的女孩嗎，今晚……』

『唔啊啊啊啊啊啊——！』

聽大門那邊傳來的聲音，達克妮絲和巴尼爾好像玩得很開心，但我現在顧不了他們了。

總之，呼吸恢復平穩的我打算挺起身子離開惠惠身邊。
然而，惠惠環到我背後的手緊緊抓住我的背，不肯放開。
……咦？

『很好，達克妮絲，就這樣壓制住他！「Sacred Exorcism」！』
『嗚啊啊啊啊啊！怎麼可能，吾、吾竟然……在充滿魔力的滿月之夜，魔力高漲的吾，竟然就要這樣毀滅了嗎……！』
『『成……成功了……！』』

遠方傳來的喧鬧。
就在其他人都像平常一樣手忙腳亂地鬧個沒完的時候，像這樣和惠惠兩個人抱在一起，讓我覺得好像在做什麼非常不應該的事情。
總覺得，就好像是在學校的時候，其他人全都在上課，我卻偷偷翹課，和女生兩個人躲在體育用具室之類的地方，就像那種狀況的感覺……
不，我當然沒有那種經驗就是了。

『呼哈哈哈哈哈！汝等以為解決掉吾了嗎？可惜！汝等以為是吾的，只是普通的性感蘿蔔！汝等就收下那根蘿蔔當作安慰獎滷來吃吧！』

『『…………』』

『哎呀，請汝等不要默默追上來！吾已經享用了久未品嚐到的美味負面情感，目的也已經達成了，就此告辭！』

『達克妮絲，妳繞過去那邊！我要解決掉他！今天晚上我一定要解決掉這個以作弄他人為生存意義的傢伙！』

『阿、阿克婭，這根我原本以為是巴尼爾而抓住的性感蘿蔔，該、該怎麼辦……？』

我聽著他們開心的對話。

「歡迎回來。在城堡裡生活是不差，不過還是這間有大家在，充滿各種蠢事又吵鬧的豪宅比較好，也才不會寂寞。你可不要再跑去別的地方了喔。」

惠惠輕輕摟著我，繞到後面的手在我的背上輕輕拍了拍。

……我的內心深處，微微冒出一股暖意。

5

呼吸恢復正常，心情也已經平靜下來的我，試圖從惠惠身上離開。

……但是，惠惠依然抓著我的背不肯放開。

「唔、喂，惠惠，我不會再跑去任何地方了啦。我已經回來了，所以妳可以放開我沒有關係。」

再繼續這樣抱下去，可能會變成什麼不可告人的事情。

這時，惠惠緊緊抓著我說：

「如果你選擇力氣比我大的達克妮絲的房間，讓她拉你上來的話，明明就可以潛入得更輕鬆才對，卻特地自找苦吃，選擇從我的房間進來。所以讓我黏著你一下也可以吧。」

看著摟著我咯咯嬌笑的惠惠，事到如今我也不敢說出從這個房間進來其實沒有什麼特別的意義，只是因為巴尼爾那麼說罷了，我完全沒有想到請妳們把我拉上來的部分。

話說回來，千里眼惡魔大人啊，這就是你所說的小獎勵嗎？

下次我會去大量採購商品的。

這麼說來，我和惠惠現在到底是什麼關係啊？

之前她對我告白過了，但是後來就沒什麼進展。

不，前一陣子去了埃爾羅得忙得人仰馬翻，所以這或許也是無可奈何的事情，不過也差不多是該更進一步的時候了吧。

到頭來我和愛麗絲也沒怎樣，所以我這樣也可以算是一個相當真誠的男人吧。

在惠惠的心中，擁抱似乎在可以接受的範圍內，看來我也是時候可以主動出擊了。

正當我下定決心，準備反過來抱住惠惠的時候……

「你要快點跟阿克婭和好喔。和真不在時，她動不動就把『浪蕩尼特還沒回來嗎——？還沒回來嗎——？』掛在嘴邊，每天都不知道該做什麼，感覺又有點寂寞。」

…………

「還說什麼『這是還沒回來的浪蕩尼特的份』，每天在準備大家的餐點的時候，都會一起準備和真的，最後還硬逼達克妮絲把多出來的那份吃掉。」

碰上這種池魚之殃，達克妮絲也真可憐。

聽惠惠這麼說，我將原本打算抱住惠惠的手放到她肩上。

難得有這種獎勵，氣氛又非常不錯，但是——

「……我馬上就去跟那個笨蛋迅速做個了斷。回來之後再繼續。」

「我不會繼續喔，沒什麼好繼續的喔。」

儘管嘴上這麼說，看起來卻有點失望。

同時又很愛惜同伴的惠惠，帶著隱約顯露出開心的表情——

「那麼，路上小心！」

並對著離開房間，準備前往阿克婭身邊的我的背影這麼說。

「——啊——！有奸細！達克妮絲，有人入侵美麗女神的豪宅！快抓住那個奸細！」

和前往豪宅大門的我撞了個正著的阿克婭如此吶喊。

一撞見我便突然這麼說的她光著腳，身上穿戴的也是奇怪的帽子和睡衣，一點也沒有美麗女神的樣子。

被吩咐要抓住我的達克妮絲一臉困惑地來回看著我和阿克婭，同時表示：

「吶，阿克婭……妳也差不多該跟和真和好了……好痛痛痛痛！別、別這樣啦阿克婭，不要拉我的頭髮！怎麼和真不在的這段時間，妳會養成這種壞習慣啊？要不就是纏著我，要不就是玩弄我的頭髮……！」

被拉頭髮的達克妮絲如此哭喊，阿克婭便對她說：

「達克妮絲真是的，妳就那麼想被那個叛徒尼特再次拋棄嗎？妳在收到她說要和愛麗絲一起生活的那封信的時候，還說這就是ＮＴＲ嗎什麼的興奮地喘氣，就是因為妳們那樣才會把他寵壞，原本就已經很廢的和真，都已經真的快要無藥可救了喔！其實感覺已經有點病入膏肓了就是！」

這個臭女人。

「喂，妳夠了喔，我已經不打算再和妳做這種口舌之爭了，不過我坦白說，我並沒有背叛妳們。妳仔細想想看，我是那麼好騙的男人嗎？妳覺得我會捨棄在一起這麼久的妳們，而選擇愛麗絲嗎？我既不是蘿莉控，也不是那麼薄情的傢伙。我是相當重視愛麗絲沒錯，但那個孩子不過是妹妹罷了。妳真的以為那個年紀的小女孩有辦法攻陷我嗎？」

聽我這麼說，阿克婭瞬間退縮了一下。

「汝，生前只有猜拳和打電動可取的男人啊。再次想想汝是為何而死的吧。如果是老人的話，應該會路過不管的汝，到底是保護了怎樣的人才會來到這個世界？回想起這個事實，捨棄那無謂的自信，如此自稱吧。吾乃佐藤和真。吾乃蘿莉控尼特。」

「救了一個高中女生哪能算是蘿莉控啊！不過占據了這間豪宅居然就變得這麼囂張，我今天就要認真教訓妳這個傢伙！」

面對如此挑釁的阿克婭，我終於忍不住吼了回去。

「達克妮絲，保護我！危險的入侵者來了，快保護我！」

「咦，喂！等等……！」

面對情急之下躲到達克妮絲身後的阿克婭，我一邊捲袖子，一邊測量距離。

「妳等著，我要用『Drain Touch』把妳的體力吸乾之後，用草蓆把妳捲起來，丟進爵爾帝的雞窩裡面！覺悟吧————！」

「放馬過來啊臭尼特！在完全沒有掉以輕心的狀態下，不死怪物的技能不可能對我產生作用喔！我們這邊是二打一，如果你以為自己能贏的話就大錯特錯了！」

「等等……！我還沒有說要對付和真……！」

在達克妮絲還沒說完以前，我已經攻向阿克婭了！

「——不……不會吧……！」

我被阿克婭抓住手臂，壓倒在地毯上，在這樣的狀態下如此低吟。

在被壓制住的我身旁，是被繩索綁住又被「Drain Touch」吸乾體力，翻著白眼躺在地上的達克妮絲。

對阿克婭施展「Bind」也被她用魔法輕鬆解除，想用物理攻擊設法解決她，她也會以達克妮絲當肉盾，根本攻擊不到她。

大戰了幾個回合之後，我就被體能經過魔法強化的阿克婭給壓制住了。

我搞砸了。這麼說來，這個傢伙只有基本參數比任何人都還要高。

而且她動不動就把神光拳、神聖的拳頭之類的詞彙掛在嘴邊，聽起來好像很擅長接近戰。

真是的，多希望她平常就可以稍微發揮一下如此優秀的一面。

順道一提，達克妮絲會倒地不起，是因為在我和阿克婭打架的時候受到波及。

「呼……呼……！竟、竟然讓我費了這麼多功夫啊，和真。不過這樣就分出勝負了吧！好了，乖乖地說對不起吧！你只要說一句對不起我就原諒你！」

壓在我身上，抓著我的手的阿克婭，以勝而驕矜的語氣這麼說。

面對這樣的阿克婭。

「……我這次沒有做任何壞事。答應愛麗絲最後一個心願卻被消除記憶的我是受害者，完全不需要道歉！我警告妳，我也是有最終手段喔！我在此宣言，明天早上妳將哭著向我道歉。」

問心無愧的我堂而皇之地如此宣言，一點也不感到羞愧。

「是喔——你要堅持這套說詞就對了！我原本還想大事化小饒你一馬的，沒辦法了。既然你有你的想法，那我也有我的堅持！賭上水之女神之名，在你說出對不起之前我絕對不會讓你進到豪宅來！我要直接把你丟去外面！我幾乎可以看見明天是和真會哭著向我道歉！」

聽我那麼說，阿克婭如此宣言。

6

隔天早上。

我在遠方觀望著豪宅，同時心中這麼想。

漫畫裡面經常有一種劇情，是主角明明沒有出軌卻遭受莫須有的誤會，然後被女主角之類的人物不分青紅皂白地暴力相向。

又或者是，在主角完全沒有錯的狀況下，因為不可抗力因素不小心看到不應該看的東西，還是一樣不分青紅皂白地被暴力對待。

更甚者，女主角又不是在和主角交往，但光是看見別的女生對主角比較親暱一點就自己亂吃飛醋，不分青紅皂白地遷怒主角。

這些事情，在漫畫裡面看看或許還可以。

站在客觀角度來看反正事不關己，看了或許還有辦法竊笑。

不過，我是這麼覺得的。

「和真先生——！和真先生——！」

如果我站在和那些主角一樣的立場，碰上這種不分青紅皂白的女主角，我一定會毫不客氣地反擊。

「哇啊啊啊啊啊——！和、和真先生——！和真先生——！」

這個世界，為了對抗不分青紅皂白的暴力和不當的行為，有人制定了一股可靠的力量。

善良的市民借助這股力量並非可恥之事，真正可恥的，是不分青紅皂白就動用暴力，或是不分青紅皂白就做出犯罪行為，卻自以為身為女性就可以得到原諒，我覺得是這種人才該知恥。

「和真先生——！我從以前就覺得和真先生是個非常……就是……我也不知道該怎麼形容的好男人！而且，我們都認識這麼久了嘛，我覺得有事情就好好溝通，是非常非常重要的處理方式……！」

我指著在二樓的窗戶一邊哭一邊這樣大喊的阿克婭說：

「警察先生，就是那個人。」

「我們向房仲查證過了，這間豪宅的所有人確實是佐藤和真先生，你本人沒錯。那麼，接下來我們將開始行動，搶回你遭到非法占據的豪宅。」

我基於市民的義務，舉發了搶走我的豪宅的罪犯。

「和真先生——！和真先生——！哇啊啊啊啊啊和真大人——！」

看見警察開始攻堅而陷入慌亂的阿克婭如此哭喊，不斷叫著我的名字。

「我我我我、我是那個……應該算是和真的室友吧，那個……！」

「真的嗎？如果達斯堤尼斯家的千金大小姐成了罪犯的同夥，可不是鬧著玩的喔。」

在遭到鎮壓的豪宅裡面，來不及逃跑的達克妮絲正在接受訊問。

惠惠在豪宅遭到包圍之前便察覺到危險，一大早就逃跑了。

原本還以為她是我們當中最關心夥伴的一個呢，看來是我誤會了。

然後……

「哇啊啊啊啊——！和真大人——！和真大人——！請你原諒我吧，和真大人——！對不起，是我不好，請你原諒我吧，和真大人——！我道歉就是了啦，和真大人——！」

哭著不斷道歉的阿克婭，眼看著就要被警方人員們帶走了。

我走向這樣的阿克婭說：

「嘿，水之女神大人。我還沒有說對不起耶，請問我可以進去豪宅了嗎？」

「和真大人對不起！從現在開始我會乖乖聽你的話，今後也不會再懷疑和真大人，所以請你原諒我吧！」

被兩名警官緊緊抓住雙手拖出去的阿克婭泣不成聲地向我求救。

看著這樣的阿克婭。

「真拿妳沒辦法啊啊啊啊啊啊啊！」

我擺出勝而驕矜的跩臉如此宣言。

7

在久違的豪宅大廳裡，我躺在平常用的沙發的固定位置上。

「和真大人，茶泡好了——！」

我將手靠在沙發的椅背上，狂妄地把腳打開擺出最放鬆的姿勢，還有阿克婭泡茶為我端來。

「辛苦妳了。」

我隨口慰勞了一下勤快地端了茶過來的阿克婭之後立刻喝了一口……

「妳這個沒用女僕！這是什麼東西啊，分明就是熱水！都已經告訴過妳多少次了，妳只要指尖稍微碰到就會把裡面的茶湯變成熱水，叫妳要小心！重泡！快點啊，再去重泡！」

「啊啊，真是非常抱歉和真大人！我立刻就去為您重新泡一杯茶過來！」

聽見只有熱水可以喝的我如此表示，阿克婭便以奇怪的語氣這麼說，跑去重新泡茶。

看她興高采烈又毫無怨言的樣子，或許是把這個當成新的遊戲了吧。

「看來事情已經圓滿解決，真是太好了。對我而言，說來說去還是和大家一起像這樣悠閒自在地待在大廳裡最能夠安心。」

坐在我身旁的惠惠一邊喝著阿克婭幫她泡的茶，一邊閒適地這麼說。

那個傢伙泡給其他人的茶明明就是正常的，就只有幫我泡茶的時候，像是要找我的碴似的淨端熱水給我。

簡直就像是在以挨我的罵為目的一樣。

以有點羨慕的眼神看著這樣的阿克婭，達克妮絲表示：

「無論如何，既然你都已經順利回來了，事情就這樣算了吧……不過算我拜託你了，以後盡量不要鬧到驚動警察好嗎……」

她以控訴的眼神看著我這麼說。

妳要這樣說的話，我也想請妳們以後盡量不要搞出犯罪行為啊。

「茶泡好了——！」

「辛苦妳了。」

阿克婭以快到不尋常的速度重新端了一杯茶出來。

我接過來喝了一口之後……！

「就說了這分明是熱水！妳這個傢伙是沒有學習能力嗎！」

「啊啊！真是非常抱歉和真大人！我立刻去重新泡過……！」

聽阿克婭開心地如此應答，達克妮絲說：

「阿克婭，既然妳那麼容易失敗，要不要我去泡啊？如此一來，阿克婭也不會被和真欺負了。會被和真欺負的有我一個人就夠了。」

說著，她正準備站起來的時候……

「等一下，達克妮絲，我難得可以玩模仿達斯堤尼斯家女僕的遊戲，別來妨礙我啦。」

「！」

對於達克妮絲的好意，阿克婭不以為意地如此表示。

「喂，妳這個傢伙是因為想模仿達克妮絲家裡的變態女僕，才故意每次都把手指伸進茶湯裡變成熱水再端過來嗎！」

「才不是呢，我打從一開始端給你的就一直都是普通的熱水。」

「你們兩個等一下，我們家的女僕們當中才沒有那種笨手笨腳的人呢！」

達克妮絲如此抗議時，阿克婭拿了一支沾好墨水的毛筆過來。

「和真大人，請處罰我這個不斷犯錯的達斯堤尼斯家女僕，用這個在我身上塗鴉吧！」

「咦咦……」

「就說了，我們家沒有會做出這種要求的女僕！」

我當作沒聽到達克妮絲這句話，從阿克婭手上接過毛筆，儘管知道結果會怎樣，還是在阿克婭臉上塗鴉。

然後，才剛畫上去，墨水就全部變成清水了。

看著這樣的我們，惠惠笑得非常開懷。

正當我對惠惠笑了回去時……

「啊，痛痛痛痛……」

我單手摀住昨天晚上被阿克婭壓制住的時候弄傷的肋骨附近。

阿克婭見狀「啊」了一聲之後。

「是昨天弄傷的地方吧。對不起，和真大人，我現在就幫你治療。今天我特別為你施展最強的治癒魔法。『Sacred Highness Heal』！」

她一邊這麼說，一邊隨手為我施展恢復魔法……

為我施展……恢復魔法……

「……………………啊。」

「怎麼了？」

接受了阿克婭施展的魔法之後，我無意識地叫出聲。

聽見我的輕呼，阿克婭一臉狐疑地歪著頭。

「你怎麼了，和真大人？原則上我剛才施展的是最強的恢復魔法耶，還不夠嗎？」

聽阿克婭這麼問。

「咦……啊啊，不是啦，沒這回事。謝、謝啦，阿克婭，我舒服多了。還有，就是……該怎麼說呢，反正我們是同伴，所以那個……妳可以不用再叫我和真大人了。像以前一樣叫我和真吧，不然這樣聽起來好疏遠。」

我盡可能表現得不會太可疑。

「……你怎麼突然說這種話啊？不過這樣的心態很值得尊敬喔，和真。說出『妳懷疑了我整整一個星期，接下來這一個星期都要叫我大人』這種話的明明就是你自己呢。不過說的也是，我們大家都是同伴，應該好好相處才對。」

達克妮絲一邊這麼說，一邊揚起嘴角。

惠惠也跟著露出笑容，然後……

只有阿克婭一個人貼到極近的距離盯著我的臉看。

「…………」

「……怎、怎樣啦？」

「…………沒事。誰教我才剛說過不會再懷疑和真了。」

儘管嘴上這麼說，阿克婭還是貼在非常近的距離繼續直視著我。

大概是託了阿克婭的魔法的福吧。

被魔藥消除的記憶已經完全恢復的我，無法直視阿克婭。

怎麼辦？

之前還擺出那種態度說自己完全沒有錯，不過這次就連我都認為自己實在渣到我自己也覺得有點反感。

這下子世人再怎麼用人渣真、垃圾真之類的綽號叫我，我也無法反駁了。

或許是覺得汗水直流，還別開視線的我相當可疑，阿克婭一直盯著我看。

面對這樣的阿克婭，我為了蒙混過去，便拿出之前那幾封信。

「阿克婭，妳還記得這些吧？對妳而言，看這些信或許已經是一個星期以前的事情了，但是對於記憶遭到消除的我來說，感覺就像是剛收到信一樣。好了，回想起那個時候的熱情吧！回想起促使妳回到這裡來的，原本的目的吧！」

說完，我將信交給阿克婭，但她完全不打算看裡面的內容。

漸漸開始覺得如坐針氈的我離開沙發站了起來。

「好，妳們幾個，咱們去冒險者公會吧！然後一起完成討伐任務吧！藉此保護阿克塞爾，進而保護這個世界！」

「…………」

我氣勢十足地站了起來，然而在我身旁幾公分的超近距離之下，阿克婭仍然一直盯著我的側臉看。

——無法堅持到最後的我向大家下跪求饒，是自此經過五分鐘之後的事情了。

第三章

為虔誠的信徒施以女神的慈悲！

1

說是中午還太早，稱為早上又已經太晚的時段。

換句話說，就是差不多該開始準備吃午餐的時候。

我沒有整理剛睡醒的一頭亂髮，忍住了一個大呵欠，來到大家正在準備午餐的大廳。

「早安——今天的早餐吃什麼？我在城裡生活的時候喝了一堆奇怪的味噌湯，所以暫時不想喝了。」

對於吵著要吃東西的我，達克妮絲投以懷疑的視線。

「你不是已經恢復記憶了嗎？既然如此，在城裡收到小朋友們的信那件事你應該也還記得才對吧，卻睡到這種時候才起床是怎樣？現在要吃的已經不是早餐而是午餐了，而且你可別嚇到，今天吃的是龍蝦喔。之前在前往埃爾羅得的路上，惠惠準備了紅魔族祕傳的迷你龍蝦料理。我很喜歡那道菜，所以硬是拜託她從食材開始準備。」

聽達克妮絲開心地這麼說，我看向惠惠，她卻別開了視線。

她本人好像也沒料想到一個好人家的千金大小姐會愛上螯蝦料理，視線不住游移，完全無法直視我。

希望這個不諳世事的大小姐不會哪天在貴族的派對上，說出之前吃過的小型龍蝦料理十分美味之類的話。

我認為趁現在導正達克妮絲的誤會比較好，但是看她一臉天真無邪地切著炸螯蝦，又覺得事到如今也提不起勁告訴她了。

「算、算了，惠惠做的那道料理要說好吃是很好吃。更重要的是，今天要怎麼辦？就是……我們真的要去公會嗎？」

儘管已經找回失去的記憶，我也想起了在達克妮絲她們回來之後，我和愛麗絲在城裡過的是怎樣的生活。

沒錯，還有愛麗絲說過的，她最喜歡哥哥的那句話。

如果沒有那句話，充滿小朋友們的心意的那些信所帶來的功效，或許還能夠讓我維持幹勁，然而……

「我去不去都無所謂。該怎麼說呢，和真不在的時候我好像冷靜了一點……這樣好了，和真無論如何都想出任務的話，我也願意奉陪。」

「我也是去不去都無所謂喔。如果阿克婭無論如何都想出任務的話，我也願意奉陪。」

阿克婭的心情大概也和我一樣吧，時間隔了太久導致熱情冷卻下來的她，和我兩個人正在彼此推卸決定權的時候，看著這一幕的達克妮絲的臉頰不斷抽搐，最後將手上的叉子用力拍在桌子上。

「你們兩個看了那些信沒有任何感覺嗎！喂，和真，你現在可是小朋友們崇拜的對象喔，難道都沒有想過要當他們的好榜樣嗎？」

「我也不是不能體會他們崇拜我的心情，只是回到這裡來之後那股熱情冷卻下來，我也變得比較冷靜了。我用冷靜的腦袋仔細想了想，其實也不用特地以身犯險去打倒怪物，只要多吃高級食材就可以提升等級，不需要做那麼危險的事情……」

達克妮絲搖了搖頭，一臉想說這個傢伙沒救了似的。

「吶，阿克婭喜歡小朋友吧？妳不是經常和住在附近的小朋友們一起玩嗎？而且阿克婭平常老是說自己是女神對吧？我記得妳在王城的時候也說過那種話！既然如此，打倒魔王不就是妳的工作了嗎？」

達克妮絲像是在安撫小孩似的這麼說，卻讓真的被當成水之女神看待的阿克婭拿出了警戒心。

「我的確是水之女神阿克婭沒錯……可是，這也太奇怪了吧，平常我說自己是女神的時候，妳明明就一點也不相信。吶，妳真的覺得我是女神嗎？如果妳真的相信我是女神，和妳一起生活了這麼久的我應該比艾莉絲還要重要吧？那妳應該願意捨棄艾莉絲教，改信阿克西斯教吧？」

被我之前搞出來的事情弄到疑心病變得很重的阿克婭這麼說。

或許是原本覺得可以輕鬆攏絡阿克婭，對於她出乎意料的反擊，達克妮絲有點被嚇到。

「因……因為，我們家代代都是侍奉國家的十字騎士，以公家的立場來說，我也無法捨棄定為國教的艾莉絲教……」

「騙子，妳果然還是不相信我嘛！達克妮絲，我真的是水之女神喔！妳都不覺得很奇怪嗎？如果是普通人的話，怎麼會有辦法一直待在水裡都不用換氣，也不可能把碰到的液體都變成清水吧！」

被撲過來的阿克婭扯住衣服的達克妮絲，眼睛不住游移。

「這、這個嘛……我聽說阿克西斯教的大祭司都有著近乎瘋狂的信仰心，能力也很強，所以就覺得只是用碰的也辦得到那種事情，阿克西斯教徒大概不用呼吸也不會死吧……」

「快道歉！妳那種說法就像是在說我們家的孩子都非人哉似的，快道歉！……再說了，達克妮絲之前給我看的那些信上只有在誇獎和真啊。我覺得，也差不多該是阿克西斯教徒受到世人關注的時候了。具體說來，我也很想收到那種像是粉絲信的信件。」

聽阿克婭這麼說，達克妮絲眼睛一亮。

「這、這樣啊，我知道了！那種東西我再去要就有了！所以……」

然後說出這種讓人無法聽過就算了的事情。

「……喂，妳剛才說了什麼？」

被我這麼一問，達克妮絲雙手摀住自己的嘴。

當然，這樣做也無濟於事。

「妳剛才說了『我再去要就有了』對吧？……喂，達克妮絲，那個時候的信是妳這傢伙去拜託小朋友寫的對吧，啊？」

對於我的追問，達克妮絲用力拍桌，站了起來。

「那又怎樣！沒錯，是我特地付錢請小朋友們寫的！但我也沒辦法啊，誰教你那個時候一點想回來的意思也沒有！」

眼見達克妮絲已經完全惱羞成怒，我也跟著站了起來。

「妳這個傢伙還敢惱羞成怒！我想說這是第一次收到粉絲信，現在都還把那些信當成寶貝收得好好的耶！」

「你、你有那麼開心啊？關於這件事是我不好……」

大概是真的覺得自己不對，達克妮絲吞吞吐吐了起來。

不知不覺間，這個傢伙的個性越來越像自視甚高的貴族了……！

「以前明明是個連行使自己家的權力都不願意的耿直笨蛋，這陣子卻開始會動些歪腦筋了！妳最近在行使權力的時候也是毫不猶豫，一下子色誘、一下子脅迫，最後甚至做出這種事情來……！」

沒錯，以前的達克妮絲一直隱瞞自己的家世。

而現在她已經學會了如何運用金錢和權力，成為上得了檯面，高高在上的貴族大人了。

這應該算是有所成長嗎？

「你、你以為我會做出那些事情是誰害的啊！沒錯，全都是受到你的影響！我會變得這麼骯髒全部都是你的錯！」

惱羞成怒的達克妮絲開始反擊我和阿克婭。

「最後居然怪到我身上來了！開什麼玩笑啊妳這個臭婆娘，妳的本性打從我們一開始認識的時候就差不多是這個樣子了吧！」

「快道歉！一開始看到那些信的時候，我還非常感動的說！妳不只要向和真道歉，也要好好向我道歉！」

「別再吵那些雞毛蒜皮的事情了，大家快點趁熱吃吧。我難得費心弄了這些料理耶。」

在如此無法收拾，堪稱混沌的狀況之中，有人敲響了豪宅的大門。

於是，不想陪這些傢伙鬧下去的我便前去迎接來訪者。

「和真，我的話還沒說完啊！」

「吵死了個性惡劣的女人，吃妳的螯蝦啦！」

達克妮絲歪著頭，一臉像是困惑於螯蝦是什麼的模樣，而我沒有理會這樣的她，打開大門之後。

「午午午、午安！」

「廢……！惠、惠惠小姐在嗎？」

只見兩名好像在哪裡看過的紅魔族少女，牽著惠惠的妹妹——米米的手，站在門外。

2

「茶來了。」

「謝、謝謝！」

「多謝招待！」

兩名少女被帶到大廳的沙發坐下，阿克婭則是端了茶給她們。

我想起來了，我在紅魔族的村落裡看過她們兩個，名字叫……

「所以呢，軟爛爛和泥泥菇，妳們兩個突然帶我妹過來，是要做什麼？」

「妳好歹把別人的名字記清楚好嗎！我是軟呼呼啦，軟呼呼！」

「我叫冬冬菇，不是泥泥菇！我剛才差點把妳叫成廢廢，所以妳還在記恨是吧！不過就是吃了一下螺絲而已嘛！」

聽惠惠那麼說我就想起來了。

我記得她們是在紅魔之里找芸芸和惠惠嗆聲的那兩個人。

「總之就是這樣，她們兩個是軟呼呼和冬冬菇。在紅魔族當中也是沒什麼表現，不太起眼的兩個人，不過姑且還是記一下她們吧。」

「妳怎麼這樣說話啊，一下子說沒什麼表現，又說姑且記一下的！」

「我們兩個確實是經常被綁在一起又不怎麼起眼沒錯，不過那只是被惠惠給人的強烈負面印象比下去罷了！」

惠惠介紹得太過隨便，惹得兩人大叫。

「來，這個也給妳吃。不用擔心，還有很多，慢慢吃喔。」

「米米，吃完還有點心喔。就、就跟妳說不要一次塞那麼大口了，害我越看越擔心。」

正當我和惠惠應付著她們兩個的時候，一旁的阿克婭和達克妮絲在餵食米米。

大概是肚子非常餓，米米嘴裡塞滿了白飯，害得身邊的人都在擔心她會不會噎到。

無暇顧及這樣的米米她們，來到陌生人家裡顯得有點緊張的軟呼呼開口說：

「好久不見了，惠惠。妳妹的處境變得很慘，所以我們就把她帶來了。」

剛才自稱軟呼呼的雙馬尾強悍女孩對著惠惠這麼說完，看向米米。

「對啊對啊，與其說是惠惠的妹妹，不如說是妳家吧。總之就是發生了很嚴重的事情，所以這個孩子就快要流落街頭了。因為我們聽說惠惠和芸芸在阿克塞爾，就充當護衛送這個孩子過來。」

自稱冬冬菇的馬尾女孩也自豪地挺起胸膛這麼說，不過……

「很嚴重的事情是怎樣，惠惠的家怎麼了嗎？是說，我有在紅魔之里和妳們兩個稍微聊過對吧？」

心生疑問的我對她們這麼說，結果她們兩個好像不太習慣和男生接觸，抖了一下。

「你是惠惠的男朋友對吧。那個，你和惠惠住在一起嗎？其實與其說是這個孩子的家，不如說是紅魔之里整個都很慘吧。」

「對啊對啊。該怎麼說呢，這有點難以啟齒……」

面對吞吞吐吐的兩人，終於受不了了的惠惠看向正在吃飯的米米，以眼神問她是怎麼回事。

大概是察覺到姊姊的視線了，米米一口嚥下嘴裡的食物。

「我們家砰一下不見了。」

米米毫無脈絡可言的說明讓惠惠整個人僵住。

「砰一下是什麼意思啊？砰一下！麻煩說得更清楚一點。」

見惠惠困惑不已，軟呼呼和冬冬菇面面相覷，像是在商量該由誰開口。

「魔王的女兒率領大軍攻進紅魔之里了。」

猶豫了好一陣子之後，軟呼呼對我們這麼說。

聽見這句話，惠惠露出前所未見的認真表情。

「魔王的女兒嗎……這樣啊，看來村裡的祕密終究還是曝光了。」

紅魔族村落的祕密。

原本紅魔族就是現在已經滅亡的技術大國，以人工方式製造出來的改造人，他們的存在本身就算是祕密的結晶了。

魔王軍會去攻打他們，是因為這件事曝光了嗎？

不過，製造出紅魔族的技術大國應該已經滅亡了吧。

既然如此，這應該不構成事到如今才派兵攻打他們的理由才對。

「和真，沒關係，你不用露出那種擔心的表情。紅魔族有很多人會用『Teleport』，所以沒那麼容易遭到殲滅。而且就算村子被燒燬了也無所謂，建築物那種東西馬上就可以靠魔法重建了。」

在我苦思不得其解的時候，惠惠似乎是誤以為我在擔心紅魔族，便對我這麼說。

「沒有啦，我是有點擔心惠惠的家人沒錯，不過我更想知道紅魔族的祕密是什麼。妳自己也知道，你們有種喜歡收集危險物品的習性對吧？像是擅自綁架被封印在其他地方的邪神，再封印在自己的地盤之類。就連足以毀滅世界的武器那種東西也沉睡在你們的村子裡。所以，我才在想魔王之女的目標會是什麼。」

老實說，事到如今，無論這些傢伙還藏了什麼都嚇不倒我了。

所以我希望她可以毫不介懷地告訴我。

「我知道了。看來應該讓和真知道一下比較好。」

惠惠也察覺到我這樣的想法，一臉認真地轉過來面對我。

「其實是這樣的，紅魔之里的觀光景點當中，有一個是能夠窺伺魔王城的展望台。」

展望台？

「沒錯，展望台就設在紅魔之里附近的山頂上，甚至配備了號稱足見千里之遙的強大魔道具。」

軟呼呼接在惠惠之後說了下去，同樣是一臉認真。

「然後，我們紅魔族一直都在用那個魔道具監視魔王城。而這件事似乎被魔王的女兒知道了……」

唯獨冬冬菇一臉傷腦筋的樣子，在最後如此收尾。

……原來如此，站在魔王軍的立場，有那樣的監視設施確實很不是滋味。

在戰爭當中，情報是足以左右勝負的重要因素。

所以魔王之女想破壞重要的監視設施是吧……

「展望台原本是個以『去到那裡隨時都能夠偷窺魔王之女的房間』為賣點的觀光景點，沒想到居然會被本人發現啊……」

「是啊，魔王軍的情報網也小看不得呢。」

「妳們剛才說了什麼？」

聽軟呼呼和冬冬菇這麼說，我不禁打斷了她們。

「事情就像她們兩個說的一樣。平常作為觀光景點是財源之一，沒有人用的時候還可以撫慰村裡的尼特，那裡原本是如此重要的設施呢……」

「難怪魔王的女兒會攻過來。吶，我之前就一直很想問了，魔王為什麼會和人類開戰啊？說真的，我認真覺得戰火一直延燒的原因，該不會是你們紅魔族跟阿克西斯教徒之類的吧？」

不知道是不是我這句話讓她們想到了什麼，三個紅魔族都別開視線。

「喂，妳們其實心裡有點頭緒對吧？」

「怎、怎樣啦和真，幹嘛每次有什麼事情就怪到我們頭上來啊，這樣不太對吧……我們頂多就是四年會辦一次紅魔族大家一起出去玩的野餐會罷了……」

原本在餵米米吃飯後甜點的阿克婭歪著頭問越說越含糊的惠惠。

「野餐會？」

而軟呼呼對這麼問的阿克婭說：

「會用『Teleport』的紅魔族每四年就會聚在一起，到魔王城附近去辦野餐會。大家會在那裡烤肉，之後再一起對魔王城的結界不斷發射魔法，等到魔王軍出來了，就趕緊再施展『Teleport』回到村子裡。」

「你們未免也太差勁了吧，要找人家麻煩也別那麼小家子氣好嗎！……不過，狀況我大概了解了。謝謝妳們兩個帶米米過來這裡。我們直接把她留在家裡照顧就可以了吧？」

聽我這麼說，軟呼呼她們安心地鬆了一口氣。

「你願意幫忙真是太好了，不然我們也想不到還可以帶這個孩子去哪裡了。接下來還有非做不可的事情等著我們去處理呢。」

「嗯，身為紅魔族，有人上門挑戰必定奉陪。」

見她們兩個一邊這麼說就一邊站了起來，就連惠惠也變得幹勁十足。

「既然如此，第一要務就是找出魔王之女現在在哪裡了！包在我身上，突襲的時候第一發就交給我！軟呼呼、冬冬菇，咱們走吧！」

「妳來是要幹嘛啊！我們接下來要和各位村民會合，對賴在村裡不走的魔王之女展開游擊戰，只會用爆裂魔法的惠惠頂多只能坐板凳啦，坐板凳！」

聽見軟呼呼說出坐板凳三個字，惠惠的眉毛動了一下。

「對啊對啊。我們也學會了上級魔法，所以大家才叫我們參加。妳就乖乖待在這裡，眼巴巴地看著我們的精采表現吧。」

接著冬冬菇又這麼說，讓惠惠的眼睛發出紅光。

「啊，對了，芸芸應該也在這個鎮上，妳知道她在哪裡嗎？村里也對那個孩子發出了召集令，可是我們到處都找不到她。」

「嗯，我們還想說要順便見識一下芸芸在信裡面提及到的，在這個城鎮交到的朋友呢。我們明明事先寫了信給她，通知她我們大概今天會來這裡的說……」

芸芸的朋友，指的該不會是我最近經常看到和她在一起的面具惡魔和小混混吧。

既然到處都找不到她，大概表示她是在信裡寫自己交到朋友了是打腫臉充胖子，現在不想讓她們兩個看到那些傢伙，才四處逃竄吧……

「——話、話說回來。惠惠，這麼說來我有一件事情想問妳。」

軟呼呼一副這件事情非得在和魔王之女交戰之前問清楚不可的樣子。

「芸芸寫回來的信裡面說，她在阿克塞爾交到的朋友當中也有男性朋友……就是……那個孩子其實沒有朋友對吧？她只是打腫臉充胖子對吧？」

「對、對吧對吧？芸芸怎麼可能交到除了我們以外的朋友呢！不只惠惠，怎麼可能連芸芸都超越我們……」

面對這樣的兩人，惠惠不以為意地說：

「說到那個孩子的男性朋友，首先就是人在現場的和真了吧。還有……據說相當受到女性鄰居喜愛的巴尼爾，再來就是在這個城鎮無人不知，無人不曉的金髮冒險者達斯特……」

看見她一邊彎手指，一邊列舉出名字，軟呼呼和冬冬菇的臉都綠了。

「哈、哈哈！以以、以那個孩子而言已經很厲害了嘛。這裡和紅魔之里不一樣，人比較多！所以有一兩個怪胎也很正常嘛！」

軟呼呼強勢地故作鎮定，接著冬冬菇也跟著說服自己。

「對對、對啊對啊！更重要的是，惠惠，妳和那個人到底怎麼了？之前在紅魔之里遇見你們的時候，妳說了很多有的沒的，不過後來仔細想想就越來越覺得好像不太對勁。惠惠怎麼可能像那樣對我們放閃呢？妳還是老實說吧，之前妳說的那些一起泡澡啦、在同一床被窩裡動來動去之類的，反正都是近乎意外的事件對吧？」

但是這個問題現在不太妙。

而且，阿克婭和達克妮絲正好帶吃完甜點的米米去廚房刷牙了。

現場只有我們四個。

如此一來——

「到底怎麼了，就是……該怎麼說呢……」

惠惠瞄了我一眼之後，紅著臉低下頭，話也開始說不清楚了。

太奇怪了，這個傢伙原本應該不會表現得這麼乖巧才對。

「不會吧……吶、吶，這不是真的吧？那種少女般的反應是怎麼回事……！」

「不要……我不要，我居然會輸給惠惠……居然輸給這種任何時候都不知道在想什麼，和戀愛話題最為無緣的惠惠……！」

兩個紅魔族一點一點朝大門的方向後退。

她們兩個的臉色蒼白到就像是親眼目睹了世界末日似的，而惠惠對著這樣的她們，害羞地搔了搔臉頰。

然後，她帶著一臉傷腦筋的表情，輕聲說道：

「這件事請妳們先不要告訴我爸媽喔。」

「我我我我、我才不覺得輸給妳了呢！」

「我也不這麼覺得——————！」

目送哭著落跑的她們兩個的同時。

惠惠露出勝而驕矜的表情哼笑了一聲——

——目送她們兩個離開之後，我們上街幫要一起住在這個家裡的米米添購一些日常的小東西，買齊了之後便回到家裡。

走進家裡之後，阿克婭把沙發當成自己的專屬座位，整個人躺了進去。

因為我們一下子出遠門，一下子又住在城裡，最近一直沒人理的點仔被她抱在懷裡，一直掙扎著要她放手。

「好了。米米跟我睡同一間房間就可以了吧。我們好久沒見面了，妳一定很寂寞，來重溫一起睡的感覺吧。」

「姊姊很怕寂寞耶。」

「米、米米！」

毒舌回應了問她要不要一起睡的惠惠的同時，米米一直盯著在阿克婭懷裡不住抵抗的點仔。

「好像很好吃。」

「米米，這個家有很多飯可以吃，所以雞窩裡的爵爾帝和點仔都不可以吃喔！」

米米擦了擦嘴角的口水，對著略顯不安的惠惠用力點頭。

「要養得更肥才可以吃。」

「不對，不對啦米米！牠們兩隻是這個家的寵物！」

聽米米毫不留情地這麼說，阿克婭抱緊點仔，提高警覺，整個人顯得有點畏縮。

「好了，難得米米都來了，就幫妳辦個歡迎會吧。大哥哥會給妳吃好多好好吃的東西喔。」

「大哥哥好帥喔！」

米米先是天真地為此感到高興，但欣喜了一陣子之後便拿出一本看似記事本的東西。

「那個是拿來寫什麼的啊？」

惠惠在米米身旁偷看她正在寫的內容……

「〇月×日。姊姊的男人用食物收買我。他好像把目標從姊姊改成我了……米米！什麼男人、什麼收買的，這些詞彙是誰教妳的啊！」

沒收了米米的記事本的惠惠激動地這麼說。

「綠花椰宰。」

「是那個尼特啊！尼特這種人果然沒一個好東西！」

不知道為什麼，身為冒險者的我並非尼特所以應該和我無關才對，但是惠惠這句話讓我莫名有種被刺中的感覺。

「更重要的是，這是什麼啊？是日記嗎？」

「媽媽說，要把姊姊的男人和他身邊發生的事情，都寫在這上面。」

居然在這種地方出現了出乎意料的告密者。

3

隔天。

足足睡到中午才起床的我，為了吃早餐兼午餐而來到樓下。

「姊姊，再來一碗！」

「米米，待在這個家的期間隨時都吃得飽。所以，妳不需要每天都勉強自己，硬吃起來放喔。」

在樓下看到的，是站起來用力跳了好幾下，想要盡可能讓胃多出一點空間的的米米，以及擔心著這樣的妹妹的惠惠。

還有——

「達克妮絲，我怎麼覺得今天的午餐吃起來鹹鹹的……」

「嗚……眼淚害我看不清楚前面……」

看著這樣的米米不斷落淚的兩個人。

看來，她們是看見米米身為貧困兒童的一面而被弄哭了。

「可是有這麼多東西可以吃，很難得嘛。」

「或許是這樣沒錯，但是當姊姊的我看妳這樣覺得有點丟臉。妳看，還有布丁可以當甜點喔。」

「呀呼——！」

看見米米聽到有甜點就高興成那樣，阿克婭稍微煩惱了一下之後，悄悄把自己的布丁遞過去給米米。

這個傢伙平常那麼貪吃，我無法想像她居然會做出這種舉動。

「大姊姊已經吃不下了，這個給妳吃。」

「可以嗎？布丁是生日才吃得到的高級甜點耶，妳不吃嗎？」

儘管這麼說，米米還是目不轉睛地看著阿克婭遞給她的布丁，於是看不下去的達克妮絲和惠惠也把自己的布丁推到米米面前。

「米米，我們現在是這個國家最為活躍的冒險者小隊。既不缺錢，也沒有任何事情需要擔心。明天我再讓妳吃足以裝滿整個洗臉台的布丁，今天妳就好好謝謝大家，然後把那些吃掉吧。」

「謝謝。」

看見米米小心翼翼地將布丁拉了過去，然後像是收到什麼貴重的寶物似的深深一鞠躬，害得阿克婭她們再次鼻酸。

這時，惠惠好像發現到看著剛才那一連串發展的我了。

「哎呀，你起床了啊。和真也要吃飯嗎？」

「要，也幫我準備一下吧……吶，惠惠，如果妳缺錢的話要告訴我喔。基本上妳都把大部分的任務報酬放在我這邊對吧？然後每個月只從裡面提領餐費、雜費、零用錢。妳的那一份報酬我都有確實留下來喔。」

沒錯，這個傢伙基本上平常都不太想要錢。

她只是偶爾會嚷嚷著看到質料很好的長袍、看到很帥氣的道具之類的而已，我記得她身上的裝備當中最昂貴的，也只有以前用狩獵高麗菜的報酬買的法杖。

前幾天也是，惠惠把錢包給我的時候，裡面只有滿滿的優惠券，害我看了之後心情是難以言喻的複雜。

「謝謝。不過沒關係，別看我這樣，我還有辦法從每個月的零用錢裡面挪出一部分，寄錢回老家喔。應該說，要是寄回去的錢比現在還要多的話，也只會被家父拿去製作魔道具而已吧。」

「那個大叔意外的不是什麼好東西呢。」

說著，我也就跟在大家之後開始吃飯。

「姊姊。姊姊的男人終於起床了，今天要去冒險者公會嗎？」

「米……！米、米米！那個，不要再用姊姊的男人之類的詞彙了！」

一邊莞爾地望著那一對吵鬧的姊妹，一邊喝著餐後茶的阿克婭，忽然像是察覺到了什麼

事情似的說：

「這麼說來，米米想去冒險者公會嗎？如果妳對那裡有興趣的話，大姊姊的人面很廣，可以帶妳去喔。」

「說的也是。追根究柢，我們是為了重返初衷，執行任務，才回到這裡來的。去找找有沒有什麼好任務，順便帶米米去公會看看好像也不錯。不過，妳去冒險者公會想做什麼啊？那裡可不是玩耍的地方喔。」

面對從剛才開始就很寵她的兩個人。

「我想去冒險者公會，看姊姊有多厲害。」

米米說了這種讓人搞不太懂的話。

不過惠惠似乎有什麼頭緒，整個人抖了一下。

「姊姊最近寄回家的信裡面寫了，在冒險者公會的大家都很崇拜姊姊，光是看到姊姊一眼就會改用敬語說話，對姊姊鞠躬哈腰。」

這時，米米又說了這種讓人無法聽過就算了的話。

在眾人陷入一片沉默之際，我鬆了口。

「喂。」

僅僅一個音的吐嘈，就讓惠惠抖得更厲害，站了起來。

「米米，妳去庭院玩一下吧！那裡的雞窩裡面有爵爾帝。而且妳也很久沒跟點仔玩了對吧，妳帶著這個孩子去餵爵爾帝吃東西吧！」

「我知道了！我去把牠餵肥！」

毫不猶豫地把在窗邊曬太陽的點仔當成祭品奉上之後，表情扭曲的惠惠目送米米出去，喘了口氣。

看著就這樣不打算回過頭的惠惠，我再次吐嘈。

「……喂。」

「不是啦！」

猛然轉過頭來的惠惠迅速地當場跪坐，一開口就先全盤否認。

我不知道她在說什麼東西不是，不過就先洗耳恭聽她會掰出什麼藉口吧。

我們都坐了下來之後，惠惠露出像是在遙想過往的眼神說：

「請你們聽我說，這其實是有很深的緣由的……沒錯。那已經是我剛離開紅魔之里沒多久的事情了……」

於是，她開始闡述事情為什麼會變成這樣——

「——哪有什麼很深的緣由啊。」

聽完之後根本也沒什麼，不過就是寫家書回去的時候稍微臭屁了一下。

之所以會這樣，其實是惠惠的雙親擔心她有沒有辦法好好過生活，所以她為了讓父母放心而誇大其詞。

這麼說來，之前去紅魔之里的時候，這個傢伙的雙親也說過很誇大的事情呢。

「我也沒辦法啊。如果讓父母太擔心，他們來接我回去的話怎麼辦。要是我被帶回去了，和真也很傷腦筋吧？」

說到惱羞的惠惠猛然站了起來，用力揮了一下披風，一臉想說「怎樣啊」的表情。

「也是啦，如果是這樣的話……嗯嗯？惠惠被帶回去的話……？」

我會傷腦筋嗎？

「喂。」

惠惠對煩惱的我怒目而視。

「如果惠惠離開了我會很傷腦筋喔！這樣家事的班表就要重編了，而且每個人要做的事情也會變得更多！還會少一個人陪我玩！」

自以為在安慰惠惠的阿克婭補的這一刀，讓惠惠沮喪到把雙手撐在地毯上。

而達克妮絲試圖安撫這樣的惠惠，摸了摸她的背。

「先、先別管那些了。妳也只能告訴米米真相了吧。反正這種謊話馬上就會穿幫了。趁現在坦白，妳自己也會覺得比較爽快喔。」

聽達克妮絲這麼說，又看見我們不住點頭。

「可、可是，我有身為姊姊的威嚴要顧！……不對，達克妮絲說的沒錯。一開始我在信上誇大地報告我們的表現，是為了讓父母放心。更早以前我的報告還很正常喔。可是家母實在太愛操心了……現在，我們已經像這樣有豪宅住，而且確實表現得極為活躍並非誇大。事到如今應該也不會被帶回去，所以還是好好跟米米說清楚好了。」

惠惠似乎也下定決心，帶著略顯神清氣爽的表情這麼說之後，露出了笑容——

「——米米……其實我有很重要的事情要告訴妳。」

大概是該玩的都玩到滿足了吧，米米渾身泥濘地回到豪宅來，惠惠便帶她到沙發上坐好，自己也在對面坐下，一臉認真地開了口。

聽她那麼說，米米露出一臉恍然大悟的表情。

「姊姊答應明天要讓我吃的洗臉台布丁沒了嗎……？」

「才不是那種無聊的事情呢，會給妳吃布丁啦！是比那個還更重要的事情！」

惠惠對聽見會有布丁就鬆了一口氣的米米說：

「米米，我們在這個城鎮是非常厲害的冒險者小隊，我在信上是這樣寫的對吧？」

惠惠發出心意已決的聲音。

「嗯。姊姊是能一招解決任何怪物的厲害魔法師，鎮上的冒險者全都非常尊敬妳……」

「對。關於那個部分……」

惠惠對著不以為意地這麼說的米米點了一下頭。

「然後，金髮的大姊姊不但面對任何怪物都絕對不會逃跑，而且能夠抵擋任何攻擊，是個非常可靠又帥氣的十字騎士；藍髮的大姊姊不會輸給任何惡魔和不死怪物，還可以讓死掉的人復活，是個像女神一樣的大祭司。」

聽米米繼續這麼說下去，惠惠連忙站了起來。

「姊姊的男人運氣又好又聰明，是個打倒了很多強敵的高手，雖然口頭上嫌麻煩，但是在同伴真正碰上麻煩的時候又不會置之不理，非常善良。」

說到這裡，米米的嘴巴被惠惠摀住了。

「米米，不用全部說出口無所謂！應該說，其實我要告訴妳的就和那些內容有關……」

正當臉頰微微泛紅的惠惠打算說出實話的時候。

「那個啊，真不愧是惠惠呢。雖然我不是像女神一樣的大祭司而是真正的女神，不過妳很懂嘛。沒錯，妳姊姊沒有說謊喔。」

嘴角忍不住上揚的阿克婭聽起來相當開心。

「呃，嗯。沒想到惠惠是那樣看待我們的，這固然讓我有點驚訝，不過並非謊言。呵、呵呵……可靠又帥氣的十字騎士啊……」

接著就連達克妮絲也帶著笑意這麼說。

「妳、妳們兩個是怎樣！沒有，不是啦米米！關於我說過的那些事情，其實……！」

在驚慌失措的惠惠說完之前，我斬釘截鐵地告訴米米：

「大致上無誤。」

4

在大家一起前往冒險者公會的路上。

帶著米米的我們，被惠惠輕聲抱怨。

「為什麼要那麼雞婆，把事情弄得這麼複雜啊。我都已經做好心理準備要乖乖招認，即使被米米冷眼看待也在所不辭了……」

我對如此耳語的惠惠說：

「妳先冷靜下來嘛，惠惠。話說回來，米米剛才的說明，其實也沒有什麼特別奇怪的地方嘛？好吧，或許是有點加油添醋沒錯，不過還在可容忍的誤差範圍內吧。」

「是啊，不過只是一點點小誤差罷了。應該說，有些事情在信上也很難說清楚，那其實連誤差都稱不上吧。」

在如此回應的我們前方，達克妮絲為了不讓米米迷路，牽著她的手開心地走著。

「金髮大姊姊的力氣非常大，而且厲害到連爆裂魔法也擋得下來嗎？強到被大惡魔附身了也不會被控制住嗎？」

「是啊，確實是發生過那些事情呢。嗯，這個嘛，嗯……真是的，惠惠連那種事情都寫在信上啊。的確是事實沒錯啦。」

「好帥喔！」

看來平常不太習慣被稱讚的達克妮絲，正在向米米打聽自己的評價。

因為負責坦的職業在隊伍上的表現看起來不太起眼，可以得到認同似乎讓她很開心。

「吶，我呢？妳姊姊是怎麼說我的，多告訴我一點吧？」

平常同樣不太習慣被稱讚的阿克婭也跟在這樣的米米後面這麼問。

……晚一點我也來問問惠惠平常是寫了我哪些事情好了——

——惠惠的聲音響徹了不算太小的冒險者公會。

「我有事情要說！」

一走進裡面便如此大叫的惠惠，聚集了冒險者們的目光。

把米米交給達克妮絲和阿克婭照顧之後，我和惠惠為了向冒險者們說明事情的原委，先一步來到這裡。

「大家聽我說一下。其實我有事情想拜託各位。」

趁大家的注意力都放在我們身上，我說明了一下狀況。

惠惠的妹妹現在住在我們家，她對於我們的表現的認知在各種方面都有點誇大。

還有她以為惠惠在冒險者公會受到眾人景仰，是大家尊敬的對象。

「大家只要配合我們一下就可以了。原則上，作為交換條件，惠惠的妹妹待在這裡的期間內，大家的酒錢我都包了，算我請客。」

聽到請客兩個字，有幾個人的眼睛亮了起來。

可是，大概是覺得對小孩子說謊不太好吧，看起來意願不高的人也很多。

「要大家做這種蠢事我也覺得很過意不去。不過，拜託大家幫個忙。」

於是我對那些人深深一鞠躬。

「和、和真……！」

看見我這麼做，惠惠茫然佇立，不知道該說什麼。

不久之後，惠惠輕輕笑了一下，然後表示：

「你不需要為了我做到這種地步。我還是乖乖對米米坦承一切好了。比起身為姊姊的威嚴，別讓和真丟這種臉要來得重要多了。大家也是，剛才那些請你們當作沒聽到吧。差點害你們捲進奇怪的事情當中，真是不好意思。」

說著，她對公會內的冒險者們低頭道歉。

……就在這個時候。

「別說得那麼見外嘛，惠惠。要配合你們，我無所謂喔。說來說去，和真也請我吃吃喝喝了不少。」

一個在公會裡跟我一起喝過幾次酒，看起來挺面熟的冒險者如此表示。

「這麼說來，在我剛來到這個城鎮的時候，和真先生也幫過我呢。當時你請我吃飯的時候，還告訴了我冒險者的心得。要還你這個人情的話現在正好是個好機會。」

一個在我想裝資深冒險者的時候隨便抓來請吃飯，順便對她擺前輩架子的菜鳥女冒險者這麼說。

「也罷，和真的小隊確實是打倒了好幾個魔王軍幹部的王牌。那並非誇大其辭。對惠惠用敬語是吧？可以啊，這點小事不算什麼。畢竟和你們一起對付大型懸賞對象，也讓我賺了不少。」

一個和我彼此熟識的冒險者也開了口。

看著這樣的冒險者們，惠惠帶著一臉隨時都會哭出來，同時又有點開心的表情說：

「那個……謝謝大家。可是，只為了我微不足道的虛榮心，卻要讓如此表現出善意的大家說謊，我非常過意不去。所以，大家的好意我心領了……」

惠惠向大家一鞠躬，說到這裡的時候。

有人猛然打開冒險者公會的大門。

「妳看，這裡就是阿克塞爾的冒險者公會！這裡是剛起步的冒險者聚集的城鎮，所以大家的等級都很低，看起來也很弱，但是只要擺出一臉很想吃的樣子在他們身邊晃來晃去，他們就會分妳下酒菜、請妳喝酒，多半都是很溫柔的冒險者喔！」

說著這種讓人搞不太清楚是褒還是貶的話，同時走進公會裡的阿克婭聚集著眾人的目光之際，被達克妮絲牽著手，同樣走進公會裡來的米米……

「可是，姊姊說過這個城鎮的冒險者都很厲害喔。」

以響徹公會的大嗓門——

「姊姊說，迎戰魔王軍幹部貝爾迪亞、機動要塞毀滅者、多頭水蛇的時候，大家都沒有逃跑，是一群很有勇氣又帥氣的人！」

笑容滿面，毫不膽怯地大聲這麼說。

聽了米米的說詞，冒險者們的視線全都聚焦到惠惠身上，而首當其衝的本人則是面紅耳赤，把帽子拉得很低，不讓視線和任何人對上。

對於自己的姊姊這樣的表現，米米一點也沒有狐疑的樣子，以閃閃發亮的崇拜眼神看向離自己最近的一名冒險者。

「好厲害喔！」

「是、是嗎？好吧，或許是有點厲害啦。如果是其他城鎮的冒險者或許早就逃跑了。不過妳的姊姊更厲害喔！」

聽那個冒險者笑得合不攏嘴地如此回答，惠惠驚訝地猛然轉過頭去。

接著他身旁的女冒險者也是一臉頗為受用地表示：

「是啊，我們要論等級的話是比較低沒錯，可是說到冒險者的氣概，或許比其他城鎮的冒險者還要高昂喔！不過，就算是這樣的我們也比不上惠惠小姐就是了！」

「好帥喔！」

「等等！」

惠惠連忙出聲想要制止開始搧風點火的女冒險者，但是其他冒險者們也紛紛爭先恐後地接著開了口：

「惠惠小姐說的完全沒有錯喔，小妹妹。這個城鎮的冒險者都很勇敢。想當初對付貝爾迪亞那個傢伙的時候，我還衝過去被他殺掉了呢，嘿嘿，雖然說是為了保護這個城鎮，不過就連我也覺得自己當時太魯莽了……但是，要比莽撞，我還輸給惠惠小姐呢。妳的姊姊可是一個人和那個貝爾迪亞對峙喔！」

一個被米米用尊敬的眼神看著，嘴角不住上揚的冒險者這麼說，讓惠惠一副有話想說的樣子卻又開不了口。

「聽說造成世界各國恐慌的機動要塞毀滅者要來阿克塞爾的時候，厲害如我也不禁整個人發抖。不過，那個時候我是這麼想的。這個城鎮照顧了我這麼久，我一定要保護這裡。到頭來，令人聞風喪膽的毀滅者也在惠惠小姐的爆裂魔法之下敗陣就是。對了，順便告訴妳，在當時的戰鬥中我受的這個傷……」

一個額頭上有傷痕的男人說的故事讓米米的眼神閃閃發亮，聽得入迷。

「我也回想起對抗多頭水蛇之戰了，那場戰鬥真的相當慘烈呢……照理來說，那種水準的對手應該要由王都外派騎士團來處理才對，但是王都的人都為了對付魔王軍而無法抽身。既然如此，就只能由我們自己設法解決了。什麼，妳問我怕不怕？哈！怕的感覺我留在娘胎裡沒有帶出來。多頭水蛇？哦哦，那個傢伙早就被惠惠小姐解決掉了！」

又有別的冒險者說起這樣的英勇故事，讓在場的人除了惠惠和米米都不住用力點頭。

「姊姊和大家都好～～厲害喔！」

米米天真無邪地如此讚美，讓冒險者們臉上全都綻放出笑容之際，惠惠卻是露出一臉戰慄的表情，口中喃喃唸著「萬人迷妹妹……」這種神秘的話語。

5

「來，小妹妹，這個也給妳吃。這是阿克塞爾名產，酥炸蟾蜍。」

在公會中央的餐桌旁，一個面惡心善的冒險者把盤子放到米米面前。

「你很笨耶，小朋友一定比較喜歡漢堡排啊！來，這道蟾蜍漢堡排給妳吃吧。」

他身旁的女冒險者像是在和他對抗似的，放下一盤漢堡排。

聰明又得人疼的小女孩露出燦爛的笑容之後。

「兩種我都吃！」

給了這個一百分滿分的答案。

「——天啊，我竟然有這麼一個前景堪慮的妹妹。我好擔心她將來會不會變成專騙男人的壞女人。」

惠惠遠遠看顧著受到眾人愛護的米米，同時以只有我們聽得見的聲音輕聲低語。

「畢竟身為姊姊的妳就已經是個會讓男人變成廢物的壞女人了嘛。每次都在正精彩的時候收手……痛痛痛痛！」

正當我因為亂說話而被惠惠擰側腹的時候，我看見櫃檯大姊姊帶著笑容走向米米。

看大姊姊的手上拿了一盤冰淇淋，我原本以為她也被米米的魅力所折服，但是狀況好像不太對勁。

米米默默扒著飯，臉頰鼓得像松鼠一樣。

而大姊姊站在這樣的米米身後說：

「不好意思，可以打擾一下嗎？」

維持著笑容的大姊姊拿出了一疊紙張。

她將其中一張遞給了身邊的冒險者。

「幽魂露西的討伐任務？咦？我記得這個是……」

聽了那個冒險者如此喃喃自語，在場的人都面面相覷。

大姊姊拿來的那一疊紙，其實是討伐怪物的任務委託書。

而且，那些全都是在冒險者之間俗稱醃漬任務的，因為沒有人想接而一直被置之不理的任務。

看見這一幕，阿克婭皺著眉頭跑了過來。

「和真先生和真先生。我總覺得有種不祥的預感。這是要把麻煩推給我們的套路吧。」

「真巧啊，阿克婭。其實我也這麼想呢。」

從遠方望著那一幕的我感覺到危險的氣氛，開始逐漸後退，遠離現場。

正當我們準備隨時逃跑的時候，櫃檯小姐依舊帶著笑容，對著吃完兩人份的餐點，坐在椅子上動彈不得的米米說：

「妳叫米米對吧？大姊姊請妳吃冰淇淋當甜點，妳願意聽大姊姊說幾句話嗎？」

「我聽。」

吃了那麼多東西的米米依然如此秒答，於是大姊姊便將那盤冰淇淋輕輕放到米米面前。

「其實，有個名叫露西，原本是祭司的女人，因為某個事件而變成名為幽魂的怪物……然後，她留在已經變成廢墟的教堂裡面，現在依然在這個世上徘徊。吶，米米。妳覺得這個變成幽魂的大姊姊很可憐嗎？」

「覺得。」

米米一邊大啖大姊姊給她的冰淇淋，一邊盡責地這麼回應。

大姊姊對這樣的米米用力點頭之後表示：

「對吧，米米也這麼覺得對吧？不過，妳放心。在場的各位冒險者都很厲害，大家都願意三兩下幫我們解決這個難題！」

「「「咦！」」」

聽大姊姊擅自這麼說，冒險者們都愣住了。

「唔、喂，露娜小姐，妳到底在說什麼啊……」

「大家都願意幫我們解決對吧？」

附近的冒險者想對大姊姊抗議也被打斷。

看見大姊姊身旁的米米對在座的冒險者們投以閃亮亮的崇拜眼神，沒有一個人有辦法說出不願意——

「——好，在火還沒燒到我們身上之前先閃人吧。妳們看櫃檯小姐那個笑容滿面的表情。因為沒有人想接的任務快要有辦法解決了就開心成那樣。」

我豎起拇指用力一比，只見一群冒險者拿著委託書這樣也不對，那樣也不行地討論著各種方案，不住低吟。

隊友當中沒有一個人反對我的意見，我們便快步朝著公會的入口移動。

幽魂露西。

阿克塞爾附近的山麓，有一座已經化為廢墟的教堂。

佇立在那種地方的教堂，既不是阿克西斯教的，也不是艾莉絲教的。

不知道到底是哪個小眾的神祇，總之據說露西是那個神的最後一個信徒。

這個世界的神祇的力量，來自信徒的信仰心。

也就是說，如果這個世界上不存在任何一個信徒的話，那個神就會失去力量而消失。

身為虔誠的教徒，露西為了不讓自己所崇敬的神祇絕跡，在死後依然留在這個世界上，至今仍祭拜著該神祇。

即使已經淪為幽魂還是繼續祈禱，如此專注的信仰心和犧牲奉獻的精神，使得越是德高望重又老實的神職人員，就越是不願意驅除露西。

同時露西原本也是神職人員，因此雖然身為幽魂卻對神聖魔法具備強大的抵抗力。

想要驅除這樣的幽魂，只有法力相當高強的祭司才辦得到，想當然爾，這樣的祭司都是信仰心深厚又德高望重的人。

由於這樣的矛盾，露西尚未遭到驅除，至今還留在教堂的廢墟當中。

「驅除露西需要法力高強的祭司。同時，還必須是和信仰無緣的破戒僧。有符合這種條件的祭司嗎？」

「破戒僧有很多，但是法力高強的祭司就是一大瓶頸了。大概是因為這個城鎮的祭司多半都很貪財吧，能力全都不太行。」

「阿克西斯教徒呢？阿克西斯教徒的祭司對於驅除露西這件事應該不太會有抗拒的感覺吧？」

背對著這麼說的冒險者們，抵達了公會入口的我們，為了避免發出聲音盡可能輕輕打開門……

「和、和真，和真……」

聽見惠惠畏懼的聲音，我帶著不祥的預感轉過頭去……

就看見所有人的視線都集中在阿克婭身上。

6

隔天。

一大早就離開城鎮的我們，朝著位於阿克塞爾北方的山麓前進。

「吶，阿克婭。身為十字騎士的我說這種話好像也不太對，不過妳真的要驅除露西嗎？老實說，我實在提不起勁……」

昨天在那之後，到頭來還是變成由我們負責處理幽魂露西。

冒險者們雖然順理成章地推給我們，但醃漬任務似乎還有很多，結果才感到放心的大家，也被塞了其他的任務。

順道一提，米米似乎是以為只要待在那裡大家就會餵食她，所以一大早就賴在冒險者公會裡面了。

「妳在說什麼啊達克妮絲，妳也聽到露西還留在這個世界上的理由了吧？她和住在我們家那個喜歡聽冒險故事又怕寂寞的地縛靈不一樣。那個遲早會滿足然後自動升天的孩子是可以放著不管，但露西想必會永遠留在這個世界上吧。既然如此，強制讓她升天就是我的職責了。」

這個傢伙到底是怎麼了？

正當大家都因為阿克婭難得說出這種很有女神風範的話而驚訝不已的時候，沒有發現這件事的阿克婭繼續說了下去：

「而且，雖然我不知道對方是哪裡的小眾神祇，不過競爭對手當然是越少越好。咱們就讓最後一個信徒升天，請那個小眾神退場吧。」

「妳真的很垃圾耶。快對稍微有點佩服妳的我道歉。」

我們就這麼一邊吵架一邊走著，不久之後一處看似小教堂的廢墟便映入眼中。

「祭拜小眾神的教堂就是那裡了吧！管她是傀儡與復仇的女神還是什麼，反正我現在就要將她跟露西輕鬆消滅掉！」

「我也和達克妮絲一樣，沒什麼幹勁耶……聽說會消失的神祇是女神就更提不起勁了，雖然說對於讓迷途的幽靈得到解脫這件事，我是沒什麼意見啦……」

對於我的牢騷充耳不聞，喘著粗氣的阿克婭興高采烈地前往教堂的時候，惠惠忽然停下腳步。

「……阿克婭，妳剛才說什麼？妳是不是提到傀儡與復仇的女神？」

「是啊，怎麼了嗎？是那個櫃檯小姐告訴我的。幽魂露西信仰的是傀儡與復仇的女神，現在依然獨自向她祈禱。」

聽她這麼說，惠惠用力拉了拉我的衣角。

「和真，借一步說話好嗎？我有件事要告訴你。」

「怎麼了？妳可別說傀儡與復仇的女神聽起來很帥，讓她就此消失太可惜了，所以要放過露西之類的話喔。」

我半開玩笑地這麼說，結果惠惠抖了一下。

「……不、不是。的確，我是覺得傀儡與復仇的女神很帥氣沒錯，但其實那個女神和我有點緣分。」

「妳這個傢伙為什麼老是認識一些奇怪的朋友啊，又是邪神又是女神的。那種朋友有阿克婭一個就夠了吧。」

聽我沒好氣地催她繼續說下去，惠惠撇過頭去隨便張望，同時表示：

「和真還記得之前去我的故鄉，紅魔之里的時候的事情嗎？」

「記得啊。口味那麼重的地方我哪忘得掉啊。一下子要和惠惠在同一床被窩裡睡覺，一下又被席薇亞倒追……」

「睡同一床被窩那種事不用想起來沒關係！我要說的不是那個，你還記得紅魔之里有各式各樣的觀光景點對吧？」

「記得啊。什麼貓耳神社啦、插了聖劍的岩石之類的。觀光景點怎麼了？」

惠惠似乎還不知道該不該說，煩惱了一陣子。

然後……

「我記得應該告訴過你，除此之外還有『封印邪神之墓』和『無名女神遭封印之地』這些景點對吧？」

「是啊，我好像稍微有點印象。我記得兩個地方的封印都被解除了對吧？所以那個封印邪神之墓，就是以前關著那個名叫沃芭克的魔王軍幹部的地方嘍。然後呢？」

「沒錯，邪神的封印是我小時候不小心解開的，不過那也算是追溯期已經結束的事情，就算了吧。問題是無名女神那邊。」

「什麼追溯期啊，釋放邪神讓她在這個世界上逍遙很有問題吧。」

惠惠沒有理會不禁吐嘈的我，以像是在閒話家常的口吻說：

「……沒錯，事情已經是我剛學會爆裂魔法的時候了。為了擊退襲擊而至的邪神的僕人，我一面保護米米和芸芸，一面施展了爆裂魔法。」

「喂，別想打馬虎眼喔，乖乖看著我說。」

完全不打算看過來的惠惠繼續以獨白的方式說了下去。

「總之呢，簡單說來，我施展了爆裂魔法的地方剛好是那塊封印了什麼無名女神的土地。於是被封印在那裡的傀儡與復仇的女神就此獲得了解放，不知道逃到哪裡去了呢。」

「妳在說什麼？別鬧了，妳到底在說什麼啊？」

她一臉舒暢地坦承。

「露西所敬拜的神祇，似乎是過去一直被封印在紅魔之里的女神。她逃離紅魔之里之後已經過了將近兩年了。想必已經找到露西以外的新信徒了吧。所以，我們可以毫不顧忌地驅除露西。我保證那位女神不會因此消失喔！」

但是聽了這些的我又該如何是好啊？

「你們紅魔族到底是怎樣啊？擅自從別的地方把邪神抓去重新封印當成觀光景點什麼的，再怎麼自由自在也該有個限度吧。你們就不能活得更自律一點嗎！」

應該說，我好想痛扁那個製造出他們紅魔族的傢伙。

……不過，就算露西不在了那位女神也不會消失，這件事我明白了。

如此一來，剩下的瓶頸就只有對方具備高強的聖屬性抗性，不過這點對阿克婭而言應該不成問題。

既然這樣，接下來只要把該做的事情完成就可以了！

7

『住手！骯髒的阿克西斯教徒，不准再接近我了！』

「竟然敢說這種話，妳這個臭不死怪物！對妳施展淨化魔法我還嫌浪費魔力呢！看我用神之拳好好痛扁妳一頓之後再把妳送回天界去！」

抵達教堂的我們立刻開始除靈。

『偉大的傀儡與復仇之女神蕾吉娜女神，讓天譴降臨在這個藍髮女身上吧！該死的阿克西斯教徒等著被詛咒吧！』

「竟然敢對聖潔又正直的神祇施加詛咒，別鬧了好嗎！達克妮絲，把妳的劍借給我！我要把這個不死怪物當成根據地的教堂整個破壞殆盡！」

不過，賴在這裡的幽魂，是個死後依然為自己信奉的神祈禱至今，具備犧牲奉獻精神的神職人員對吧？

和阿克婭起了劇烈口角的，是個身體呈現半透明狀，年約二十多歲的女鬼。

正當我和惠惠傻眼地看著她們的時候，達克妮絲介入吵個沒完的兩人之間。

「妳們兩位都冷靜一點。阿克婭，我們都是神職人員。露西，妳生前也是，對吧？既然如此，我們應該先冷靜下來好好談談才對。妳們兩位所敬拜的神祇們，應該也不喜歡起爭端才對吧？」

聽達克妮絲帶著苦笑這麼說，女神和幽魂都開始針對她。

「等一下，達克妮絲，妳說妳們兩位所敬拜的神是什麼意思！妳之前才說過妳相信我的女神身分不是嗎！身為神的我現在正在被瞧不起耶，應該快點把這個不死怪物解決掉才對吧！」

『我所敬拜的蕾吉娜女神可是傀儡與復仇的女神耶！我所信奉的教義是以牙還牙，以眼還眼，什麼都不懂的外人不要隨便亂說！』

達克妮絲還在因為意外遭到反擊而畏首畏尾時，將怒氣指向她的兩人繼續追擊。

「真是的，艾莉絲教徒就是這樣！是沒錯啦，艾莉絲那邊的信徒那麼多，當然不需要爭執啊！不過就是稍微被敬為國教而已就擺出那種高高在上的態度，這樣對嗎？達克妮絲，妳偶爾來阿克西斯教的教堂祈禱一下也不會怎樣吧？」

『艾莉絲教團的信徒那麼多，真是令人羨慕啊！像我們這種小宗教每天都像是在戰鬥一樣！不喜歡起爭端？那種話只有擁有資源的人才說得出口，什麼都沒有的人只能不斷戰鬥下去啊！』

嘴上功夫鬥不過女神和不死怪物的達克妮絲垂頭喪氣地退了回來。

「妳管她們幹嘛啦，反正阿克婭會淨化她啊。」

「我好歹也算是神職人員，所以想試試看說服不死怪物嘛……」

我隨口安慰了一下沮喪的達克妮絲，這時阿克婭她們那邊的爭執也開始進入高潮，看來差不多就快要解決了。

「妳也差不多該有所覺悟了吧？好了，到死後的世界去為了找神吵架而後悔吧！啊哈哈哈哈哈，那個叫什麼蕾吉娜的小眾神也要和身為最後一個信徒的妳，一起消失在我神聖的拳頭之下了！」

『唔～～～～～～～！我從剛才就一直感覺到天敵的氣息，莫非像妳這種人居然真的是……！蕾吉娜女神、蕾吉娜女神，我還沒有報答您的恩情啊！動不動向我拐騙財物最後還把我狠狠甩掉的那個男人，是蕾吉娜女神將他推進萬丈深淵！對我弟弟騙婚還騙光他所有財產的那個女人，是蕾吉娜女神讓她變得一文不值！為了那些碰上不公平遭遇的人們，我也不能讓您就此消失啊！』

阿克婭舉著發光的拳頭，帶著邪惡的笑容一點一點逼近露西。相對的，露西則是眼中泛淚，獻上祈禱。

就在這個時候。

「請放心。妳所敬拜的神祇，在距今約莫兩年前就已經從封印當中獲得解放了。所以，現在想必已經找到信徒了吧。」

原本一直觀望著事情發展的惠惠，對露西這麼說。

那副模樣，簡直就像是神職人員還是什麼似的。

『……真的嗎？為什麼妳會知道這種事情？』

聽了惠惠的發言，露西對她投以冀望的眼神。

「釋放了妳最重要的女神的就是我本人。所以，妳可以安心永眠了。」

或許是感覺到惠惠強而有力的話語並非謊言吧，露西像是放下了肩上的重擔似的，露出安祥的表情，笑容也出現在臉上。

『謝謝妳，不知名的善心人士……其實我很想好好答謝妳，不過或許是因為聽見好消息而安心了吧，我對這個世界已經毫無依戀了。如此一來，我剩下的時間也不多了。抱歉，沒有辦法正式答謝妳……』

說完，露西苦笑了一下，而惠惠也回以笑容。

「紅魔族的規矩當中，有一條是有人想吵架必定奉陪，以牙還牙以眼還眼。感覺我們和那位復仇女神也有些共通之處，所以妳不用放在心上。」

或許是聽見這句話就放心了，露西對惠惠露出微笑之後——

「神光拳！」

『好痛！』

完全不識相的正牌神職人員，突然揍了露西一拳。

「妳這個傢伙是在搞什麼啊！故事好不容易快要有一個美好的結局了，妳幹嘛搗亂啊！那怎麼看都是接下來就要升天了吧！」

面對這要說過分是很過分的發展，惠惠和達克妮絲都茫然站在原地。

「就是因為她接下來就要升天了啊！被那個來路不明的小眾女神的信徒看得這麼扁還被她贏了就落跑的話，我要怎麼混下去啊！」

面對迷惘的靈魂還表現得這麼幼稚的阿克婭，害得已經快要消失的露西摀著挨揍的臉頰，氣到渾身顫抖。

『妳絕對不是什麼女神！就是因為這樣妳們家的信徒才會到處被人嫌棄啦！信徒的數量輸給妳的晚輩女神艾莉絲，妳都不覺得丟臉嗎？晚輩都已經成為國教了，阿克西斯教徒的人

數卻是……噗——！』

露西指著阿克婭噴笑。

看著她的舉動，阿克婭的眉毛越挑越高……

「妳給我等一下，信徒少到隨時都有可能消失的小眾女神的信徒沒有資格這樣說我！」

被煽動的阿克婭正打算撲過去的時候，已經幾乎消失的露西輕飄飄地飛上了天。

『偉大的蕾吉娜女神……身為復仇女神的信徒，我在最後以口舌之爭贏過了輸給晚輩的女神……我要就這樣當一個落跑的贏家。願您的未來充滿光明……』

就這樣。

傀儡與復仇的女神最虔誠的一個信徒——

「哇啊啊啊啊啊啊啊，她贏了就落跑了啦——！」

對水之女神造成了勝利的傷痕之後，便毫無戀棧地消失了——

第四章 與毒辣的怪物做個了斷！

1

「米米，妳的嘴角黏了飯粒喔。」

阿克婭打倒了幽魂露西之後的隔天早上。

惠惠無微不至地照顧著大口吃著早餐的米米。

看著專心吃飯的米米，惠惠把黏在米米的臉頰上的飯粒拿了下來，放到自己嘴裡，然後露出苦笑。

「姊姊偷了我的飯！」

「米、米米！我不過是吃了一顆飯粒，不需要說得這麼難聽！不希望飯粒被偷走的話，吃飯的時候就要更加細嚼慢嚥，更有禮貌一點。不用吃得那麼慌張，早餐又不會逃跑。」

惠惠如此溫柔地開導米米，但米米露出極為認真的表情，將刀叉放到餐桌上之後說：

「以前，姊姊從田裡抓了玉米回來，可是因為沒有快點吃掉，玉米就逃跑了啊。」

「那件事可以忘掉了，煮好的飯是不會逃跑的！」

已經吃完早餐的阿克婭，望著這樣的兩個人微笑。

「這樣看來，姊妹也還不賴嘛。和真，我開始想要一個妹妹了。這個世界上好像存在著能夠更改性別的魔道具耶。你去試用一下嘛。」

「我聽不懂妳在說什麼，但唯有想要妹妹的心情我十分能夠體會。妹妹很棒。尤其是會叫哥哥的妹妹，真的很棒。」

正當我想起愛麗絲而沉浸在感傷之中的時候。

『緊急！緊急！全體冒險者請整裝到冒險者公會集合。重複一次。全體冒險者請整裝集合。』

這是許久沒有聽到的冒險者公會廣播。

我不禁和坐在我身旁喝著紅茶的達克妮絲面面相覷。

「這個季節的緊急警報相當罕見呢。現在又不是高麗菜的產季，也沒聽說有什麼大型懸賞對象來到附近。這到底是怎麼回事？」

在達克妮絲狐疑地如此表示的時候，廣播依然重複播放著。

然後。

『另外，鎮上的紅魔族請務必參加。重複一次，鎮上的紅魔族請務必參加。』

聽見如此莫名其妙的廣播，我和達克妮絲再次面面相覷。

2

「——這到底是怎麼回事？喂，鎮上發生什麼事了？」

我們趕到冒險者公會的時候，職員們已經在那裡排排站了。

面對達克妮絲的質問，附近的職員也只是催我們快點進去裡面。

看來他們是打算等冒險者到齊之後再開始說明。

「可以的話我一點也不想做危險的事情，只想過悠閒的生活啊……不過既然是緊急警報，反正一定又會冒出什麼很不妙的東西吧……」

「應該說，紅魔族務必參加又是怎麼回事啊。米米雖然還不會用魔法，但也是紅魔族，所以我姑且也把她帶來了……」

惠惠表現出些微的警戒心，環顧四周。

「我們已經恭候多時了！」

這時，一名男性公會職員突然畢恭畢敬地跟到惠惠身旁。

「……嗯？你們怎麼突然來這套啊。冒險者公會也終於察覺到吾之爆裂魔法是多麼有用且強大，要開始給我ＶＩＰ待遇了嗎？我個人是很想說你們未免也發現得太慢了，不過算了……」

結果，另外一名職員對跟在惠惠身旁的男職員說：

「不對，不是那個。不如說那個怎樣都無所謂。高層交代我們要妥善照顧的是另外一位。」

「喂，『那個』是怎樣，『怎樣都無所謂』又是什麼意思，你們想找本小姐吵架就說啊，我樂意奉陪。」

沒有理會憤怒不已的惠惠，那名職員對米米一鞠躬。

「歡迎您來到公會。來，我們已經準備好點心了，這邊請這邊請！」

米米聽了搖搖晃晃地走在職員身後就要跟過去，惠惠連忙阻止她。

「喂，不要擅自帶走我的妹妹好嗎！你們是怎樣？冒險者公會何時開始化為蘿莉控的巢穴了？你們的回答讓我不滿意的話，我馬上衝去警察局喔。」

「不、不是這樣的，這是有原因的！啊，露娜小姐，妳來得正好！」

被職員如此哭訴的櫃檯小姐帶著親切的笑容來到現場。

「先是突然指名要找紅魔族，結果來了又突然想要餵食我妹妹是怎樣。這到底是怎麼一回事？」

對於惠惠的質問，大姊姊帶著充滿自信的表情挺起胸膛。

「冒險者公會隨時都想要優秀的人才，紅魔族更是天生具備成為大法師的才能的貴重人才。既然如此，我們這樣款待身為紅魔族的米米小姐，也是非常理所當然的事情才對吧。」

「不好意思，原則上我也是紅魔族耶。」

惠惠這麼說，讓職員們都別開視線。

「事、事情就是這樣，米米小姐這邊請！我們準備了非常多的點心喔！」

「不，所以說我也是紅魔族啊……」

惠惠似乎還有話想說，但大姊姊沒有多加理會，把米米帶到公會中央。

然後，大姊姊看準了冒險者們已經聚集得差不多的時候……

「各位，歡迎今天聚集到這裡來！突然發出緊急召集令驚動了大家，公會這邊感到非常抱歉。」

在大吃點心的米米面前，對大家露出笑容。

「好了。各位冒險者，昨天辛苦各位了。昨天的任務達成率，在冒險者公會阿克塞爾分部有史以來也是特別優異的一次。不僅如此，就連幽魂露西也經由阿克婭小姐之手將其討伐了！不愧是阿克塞爾的冒險者！各位真是太了不起了！」

不知道到底有什麼企圖，大姊姊不斷稱讚，並吹捧大家。

這似乎讓冒險者們頗為受用，大家都摸摸鼻子，抓抓頭，試圖掩飾害羞。

「然後呢。」

大姊姊的語氣突然變了。

我總覺得，這個狀況大概不太樂觀。

「為了這麼了不起的各位，我又準備了新的工作！」

嗯，錯不了。

我有種會像平常那樣碰上麻煩的預感。

「和昨天的比起來，這些工作是有那麼一點點高難度又辛苦沒錯，不過這個城鎮的冒險者一定沒問題！」

聽見大姊姊不負責任的煽動言詞，一名表情扭曲的男子阻止了她。

「喂，露娜小姐，先等一下。不要擅自決定這種事情好嗎？」

大姊姊聽他這麼說依然面不改色，於是其他冒險者也大聲抗議。

「就是說啊，妳給我等一下，比昨天的還要高難度又辛苦是怎樣！應該說，緊急集合就是為了這個嗎！」

接著冒險者們也紛紛不落人後地出聲叫囂。

「開什麼玩笑啊，放過我們好嗎！」

「我昨天已經非常努力了，再也沒辦法擠出更多力量了啦！」

「我今天原本只想在酒吧裡好好休息的說……」

沒有理會喧鬧的冒險者們，大姊姊仍舊掛著笑容。

「沒問題的。因為，在場的各位阿克塞爾的冒險者，是這個國家最棒的冒險者嘛！」

並且說出這種毫無根據的違心之論。

「對吧，米米小姐！」

然後看向專心狂吃堆在桌上的點心的米米，徵求她的同意。

我知道了，她是想那樣吧。

「阿克塞爾的冒險者很厲害喔。姊姊也說過，大家無論面對再怎麼強的對手，也都不會逃跑呢。」

昨天的事情讓她食髓知味了，所以想趁米米還在的時候把醃漬任務全部解決掉。

察覺到公會職員們的詭計的似乎不只我一個。

在場的所有冒險者全都臉色蒼白了起來……

這時，一個冒險者自暴自棄地大喊：

「……可惡，我接就是了，我接任務總可以了吧！喂，把最高難度的任務拿過來！」

以此為契機，其他人也跟著表態。

「你、你們等著看，我也要讓你們見識見識阿克塞爾的魔法師真正的實力！」

說來說去，冒險者們今天還是拿出幹勁來了。

看著這樣的眾人，額頭上冒出冷汗的惠惠伸出手，想要阻止大家。

「那個，各位真的不需要那麼勉強……」

然而，沒有任何人聽到她微弱的聲音，她伸出去的手只能抓空氣。

「唔嗯嗯……雖然這種方式不太值得讚許，不過我聽說冒險者們最近懈怠得非常過分。不僅醃漬任務，就連一般的任務似乎也很少有人動……但是，這一切的一切……」

說著，達克妮絲瞄了我一眼。

「據說都是因為和你一起打倒了好幾個大型懸賞對象，大家的經濟狀況都很寬裕，所以不想工作的人大增。尤其是經常跟和真玩在一起的冒險者，受到你的影響而尼特化的狀況特別嚴重。既然如此，為了保護阿克塞爾周邊的治安，這或許也可以說是必要的手段吧。」

這個傢伙淨是說些自以為是的話。

不過，城鎮周邊的怪物沒有人討伐確實也是個問題……

「不管怎樣，我們也來找個適合的任務吧。我們也要表現出優秀的一面給米米看才行，對吧，惠惠。」

我對惠惠苦笑了一下，把話題拋給她。

「說的也是。昨天只有阿克婭有所表現，所以不趁現在好好表現一下姊姊的厲害之處，可就保不住威嚴了。」

於是，我們也打算找個適合的任務，就在這個時候。

「各位不需要擔心。我們已經為佐藤先生的小隊準備好與各位的實力相稱的任務了！」

說著，大姊姊對我們露出滿面的笑容。

是怎樣，我心裡只有不祥的預感。

而且我們已經完成了所有人都不想接的露西驅除任務。

要是又被塞麻煩的任務過來的話，我可受不了。

我拉著已經很熟的大姊姊的手，把她帶到角落去，避免米米聽見。

「大姊姊大姊姊，妳很清楚我們的實力吧？拜託妳真的別害我們，平常老是把我們當成問題兒童，只有這種時候吹捧我們是怎樣。不要以為妳長得有點美、身材又好，還是我喜歡的大姊姊類型，我就會輕易上妳的當喔。」

或許是已經很習慣被稱讚為美女了吧，大姊姊露出沒有特別高興的微笑。

「啊、啊哈哈，怎麼說我長得美啊……佐藤先生真會哄女生。不然這樣好了，如果佐藤先生順利完成這個任務的話……在今天的工作結束之後和我約個會，佐藤先生覺得如……」

「啊，不用這樣沒關係。應該說，大姊姊因為自己一直嫁不出去而感到焦急這件事，在這個城鎮的冒險者之間已經傳得很開了。」

我在大姊姊說到一半打斷她之後，她立刻露出嚴肅的臉色。

「佐藤先生不好意思，這件事是誰傳的？」

「總之事情就是這樣，我們會出去隨便獵點蟾蜍。」

說完我正準備離開的時候，手臂被大姊姊緊緊抓住。

「我不會讓你逃走的，佐藤先生。應該說別的也就算了，唯有這個任務非佐藤先生不可。只有這一點我敢斷定。我想拜託你解決的這個任務，在阿克塞爾這個城鎮，除了佐藤先生以外絕對沒有人能夠執行。」

看見大姊姊露出前所未見的認真表情，我不禁停下腳步。

並不是因為大姊姊挽住我的手臂使得某個部位碰到我，讓我想要多享受一下。

是因為大姊姊的言詞讓我覺得有點怪怪的。

主要是「別的也就算了唯有這個任務」的部分。

「妳對我的評價未免也太高了吧。我自己也不想說這種話，但老實說，如果正面交戰的話我的戰力很渣喔。」

「這我當然知道。」

咦！她不否定一下這點喔。

為了各式各樣的任務，冒險者們正在公會當中來回奔波。

在這樣的狀況下，大姊姊直視著我說：

「只有佐藤先生能夠執行的任務，就是——」

3

阿克塞爾西邊有一處小森林，裡面長著一棵大樹。

那棵大樹在鎮上的冒險者和職員們之間相當有名，儘管森林被列為禁止進入的區域，來自其他城鎮的旅人們還是絡繹不絕。

為什麼人們會特地前往那種地方呢？

理由是住在那棵大樹下的怪物。

那個傢伙名叫安樂王女。

聽說，她算是我以前解決掉的安樂少女的上位版——

「——吶，和真。還是放棄這個任務吧。對手可是那個安樂王女喔。她從很久以前就在那裡扎根了，卻一直沒有被驅除，你知道為什麼嗎？」

前往安樂王女棲息的森林的路上。

跟在我後面的阿克婭，從剛才開始就殷殷切切地勸說我。

「和真和真。其實，對於討伐安樂王女這件事，我也有點提不起勁……」

就連惠惠也出言勸阻繼續前進的我。

「妳們兩個別那樣怪罪和真。安樂王女確實是在部分人士之間頗受好評的怪物。比方說身患重病，必須在痛苦之中等死的人，只要前往她的身邊，便能帶著幸福的心情嚥下最後一口氣，這樣究竟能不能算是壞事，是有人如此質疑。但是，因為有她在，那座森林成了知名的自殺勝地。沒錯，那是自殺。身為侍奉神明的人，我不能認同自殺這種行為。即使對方的內心是善良的，我也無法對於助人尋死的作為視若無睹。」

達克妮絲這樣幫我說話，但是這個傢伙也還沒有搞清楚狀況。

我把背上的背包放到地面上，轉頭看向她們三個。

「我說啊，我又還沒決定要討伐她。妳們幾個真的以為我打算為了金錢和名聲而打倒安樂王女嗎？」

「那還用說嗎，為了經驗值和金錢，即使是可愛的妖精也可以面不改色地消滅掉，你就是這樣的男人對吧？很久以前，我抓了一隻雪精還幫牠取了名字卻被你偷偷打倒了，那件事我還沒原諒你呢。」

這個傢伙還在計較那麼久以前的事情喔。

我重重嘆了一口氣。

「關於那件事，我不是說過我什麼都沒做嗎？一定是因為妳放在暖爐旁邊，結果就融化了吧。」

很久以前，我們去驅除一種名叫雪精的怪物的時候，這個傢伙抓了一隻雪精，還說要養大牠。

結果她抓回來的雪精隔天就消失了，而且她還一心以為是被我解決掉的。

「以前我們去紅魔之里的時候曾經遇見安樂少女，那個時候我不是說明過了嗎？安樂少女並不是什麼善良的怪物，那些傢伙其實非常黑心。」

那個時候我被她們三個說得像是冷血的惡魔似的，還花了很多時間向她們說明。

我還以為這幾個傢伙在那時就已經理解到這件事了呢……

「那件事我後來也是越想越覺得奇怪。因為，如果她真的那麼壞的話，怎麼可能瞞得過我這雙清明澄澈的眼睛呢。」

「妳的眼睛根本和瞎了沒兩樣。」

在阿克婭瞬間被我辯倒，鼓起臉頰生悶氣的時候，我從背包裡拿出某樣東西。

「唔……和真，那是……」

是曾經好幾次用在我們身上的那個，一說謊就會響的魔道具。

如果直接跑去驅除安樂王女的話，一定會被阿克婭她們妨礙。

這個時候就要用這個魔道具。

現在正是用這個揭露安樂王女黑心的真面目，證明我沒有錯的大好時機。

「總之妳們仔細看好了，我要讓妳們知道我說的話都是對的。」

對於我充滿自信的言詞，阿克婭露出一臉狐疑的表情。

——我們走在枝繁葉茂的森林之中，一路朝大樹前進。

基本上，這座森林裡面沒有多少怪物。

根據我得到的消息，為了不讓其他怪物加害安樂王女，有一群原本是冒險者的人會來這裡自發性地驅除怪物。

不知道在這樣的森林裡走了多久。

正當我們越來越不安，懷疑起這個方向到底對不對的時候。

「吶，和真，是不是那個啊？那附近好像有什麼閃閃發亮的東西。」

我看向阿克婭指的方向，只見陰暗的森林當中唯有那塊地方格外明亮。

我們往那邊走了過去，看見一顆巨大的樹和微弱的湧泉。

泉水附近沒有叢生的樹木，從天上落下的陽光在水面上反射，將四周照耀得閃閃發亮。

這時，突然有一個聲音對我們說話。

「你們是尋求安息而來的冒險者嗎？或者只是迷路的旅人？」

聲音柔和又充滿了透明感，讓人聽了感到安心。

我試圖尋找聲音是從哪裡冒出來的，看了過去。

「又或者……是來見我的嗎？」

出現在我眼前的，是一個露出親切的靦腆微笑，下半身變成樹木的美麗女子。

4

糟糕，這完全出乎我的預料。

「吶，妳就是安樂王女嗎？」

對於阿克婭的質問，安樂王女歪著頭說：

「安樂王女是在叫我嗎？原來如此，因為你們人類都有所謂的名字嘛。你們也為我取了名字嗎？」

說完，安樂王女開心地複誦了好幾次人類為她取的名字。

「謝謝你們，可以請你們也幫我向取了這個名字的人道謝嗎？因為我無法離開這裡。」

對我們這麼說的安樂王女，語氣相當親暱而又愉悅，讓我體認到這樣的發展真的非常不妙。

光是這麼簡短的對話，不僅阿克婭和惠惠，就連達克妮絲都已經對她產生了親近感。

在紅魔之里打倒的安樂少女，是那種堅忍又會讓人產生保護欲的類型。

但是，這個傢伙一開始就流暢地和我們不斷交談，積極鞏固友好關係。

「是喔——妳的根部和地面合而為一了呢。這一點和完全呈現出人類外型的安樂少女就不一樣了。」

說著，阿克婭毫不防範地走向安樂王女，伸手就想往安樂王女的根的部分摸過去……

「不可以！」

這時，剛才還很友善的安樂王女突然大吼。

嚇了一跳的阿克婭抖了一下，達克妮絲也站上前去護住我和惠惠。

「不可以碰我的根。無論我怎麼想，這些根都會加害你們人類。」

安樂王女說完，難過地低下頭。

「吶……這是怎麼回事？如果妳有什麼煩惱的話，可以找我商量喔。」

在阿克婭擔心地這麼問的時候，我因為安樂王女出乎意料的坦承而打從內心感到困惑。

沒想到她竟然會主動說出自己的危險性。

這是怎麼回事？

這個傢伙真的是安樂少女的上位版嗎？

總覺得和我原本以為的不太一樣……

我湊到身旁的達克妮絲耳邊偷偷告訴她我的想法，結果得到了「你這個傢伙事到如今在說什麼啊」的表情。

「你之前就一直說安樂少女很黑心對吧？不過，至少那個安樂王女是出了名的人格高尚。而且是阿克塞爾派過來的所有冒險者都異口同聲地這麼表示。說到頭來，討伐安樂王女這件事在冒險者公會內部也已經吵過很多次了。像是她是否真的是會危害人類的怪物、是否真的可以列為討伐對象之類的。」

「然後，委託書就被丟到我手上來了是吧。這麼說來，大姊姊也說這是調查任務。我過去曾有看穿了安樂少女的真相的前例，又是個不會隨便掉以輕心的資深冒險者，所以公會希望我以冷靜的眼光調查怪物的性質吧。」

「我是不知道公會有沒有那麼信任你，不過你討伐了安樂少女還沾沾自喜這一點，肯定得到了很高的評價。」

說到安樂王女的存在實際上到底帶來了什麼問題，那就是大家都想要讓這隻怪物送自己最後一程。

退休之後，無依無靠，也已經和熟稔的夥伴們分開的冒險者們。

這樣的冒險者們在最後所追求的安息，竟然是由怪物送自己最後一程，說來也很諷刺。

「大家真的為了這件事吵得非常凶。在沒有人知道的狀況下形單影隻地孤獨死去；或者，儘管對象是怪物，卻能夠讓美麗的女子握著自己的手直到最後一刻，心懷哀矜送自己最後一程，兩者到底孰優孰劣。」

形單影隻地孤獨死去，或是雖然最後會變成怪物的養分，卻能夠讓美女送自己最後一程，安心上路。

原來如此，這樣聽起來好像也無法一口咬定她的存在就是惡了。

……不過無論如何，前提都得是這個安樂王女沒有壞心的黑暗面才能成立。

我目不轉睛地注視著安樂王女，開口問道：

「我有一件事情想問妳。之前來到這裡的那些人都怎麼了？他們到底是在怎樣的狀況下死去？」

被我這麼一問，安樂王女表示：

「大家往生的時候，表情都相當安祥。」

言詞十分淡然的她，露出看起來隨時都會哭出來，像是要笑著流淚的表情。

「你和之前來到這裡的冒險者們好像不太一樣呢。」

安樂王女對我悵然一笑。

「我存在於這個世界上的理由，是殺害你們人類。」

接著沒有辯解，斬釘截鐵地對我說出自己的存在理由。

「你的內心似乎相當堅強……吶，拜託你這種事情其實我的心裡也非常痛苦，覺得很過意不去……」

身體微微顫抖的她……

「不過，為了我最喜歡的人類……你可以除掉我嗎？」

露出困惑的苦笑，如此拜託我。

糟糕，這是怎樣？

這個傢伙該不會真的是心靈純潔的怪物吧？

以前阿克婭在淨化一個名叫基爾的巫妖時，他也是主動表示想去心愛的人身邊，自願被淨化。

這個安樂王女現在也因為不想繼續加害人類，而拜託我除掉她。

不過先等一下，快回想起安樂少女。

對付那個傢伙的時候是什麼情況，一開始我還不是三兩下就被騙了。

那個時候能夠除掉她，真的只是一次又一次的幸運罷了。

如果就那樣置之不理的話，現在一定還有許多旅行者受害吧。

「不可以，妳又不是因為病到很難過而受苦受難，怎麼可以這麼不愛惜生命！聽好了，這個世界上沒有任何不需要的東西。可以從這個世界上消失的只有不死怪物和惡魔！怪物當中，也是有好吃的、可愛的，還有像妳這種心地善良的！就連尼特都活得好好的，心地善良的妳沒有任何理由不應該活在這個世界上！」

阿克婭牽起安樂王女的手，突然滔滔不絕地這麼說。

面對這樣的阿克婭，安樂王女露出快要哭出來的表情。

「就是說啊，妳又沒有做什麼壞事。不如說，一般而言，安樂少女都被當成是退休的冒險者們最後所能找到的安息之地。與其一個人孤零零地死於痛苦的疾病，當然是有人送自己最後一程，在沒有病痛與苦楚的狀態下迎接最後一刻比較好，肯定任何人都這麼覺得。而且來找身為安樂少女的上位種的妳送自己最後一程是個人行為，妳不需要放在心上。」

就連惠惠也握住安樂王女的手，緊緊抱住她的身體。

「我……我可以繼續存在於這個世界上嗎……？」

安樂王女露出迷惘的表情，抬頭看著她們兩個。

唯有達克妮絲一個人來回看著我和安樂王女，露出傷腦筋的表情。

這個光景完全和過去在紅魔之里附近見過的一樣。

好煩喔，感覺就連拿這個東西出來用都會被她們抗議。

「吶，和真。關於這個安樂王女，該怎麼說呢……」

達克妮絲把話說到一半的時候，看見我手上的東西，整個人僵住。

「你、你這個傢伙，那是……」

我特地借來的東西，是感應到謊言就會發出聲響的，我們也面對過好幾次的那個魔道具。

看見我拿著那個東西一點一點逼近安樂王女，達克妮絲顯得有點退避三舍。

身為一個冒險者，我只是毫不鬆懈地準備判別對方的真面目罷了，她憑什麼用那種眼神看我啊。

「喂，不准露出那種眼神，就算是我也會受傷好嗎？」

或許是察覺到我們這樣的對話了吧，阿克婭和惠惠看著我說：

「吶，和真，你手上拿的那個東西是什麼？不用猜我也知道是我們經常看到的那個會叮叮作響的東西對吧？我看過那個東西喔。」

「和、和真？你該不會是在這個狀況下還懷疑她吧？不用特地拿那種東西出來也沒關係吧……」

和達克妮絲一樣有點退縮的兩人對我投以「這個傢伙是認真的嗎」的眼神時，安樂王女顯得有點呆愣，毫無防備地歪著頭。

「那到底是什麼？」

我對看起來真心感到疑惑的安樂王女說：

「喔喔，這是拆穿謊言的魔道具。感應到謊言就會發出聲響。」

在寂靜無聲的森林當中，我和安樂王女注視著彼此。

阿克婭她們以「這個傢伙居然真的說出這種話來」的眼神看著我。

即使覺得如坐針氈，我依然走向安樂王女。

「放心，只要這個東西一聲不響，我們就可以全面相信妳。如此一來，冒險者公會也會對於討伐妳這件事改觀才對。」

沒錯，在場的大家都可以當證人。

所以。

「說的也是。因為我是怪物嘛，你們怎麼可能相信我。」

所以，拜託妳不要露出那麼傷心的表情。

這樣真的讓我很難過，拜託不要。

「吶，和真，我怎麼看都覺得現在的你就像是太太興高采烈地跑來向你報告自己有身孕了，結果卻因為自己一天到晚拈花惹草而反過來質疑對方懷的是不是自己的小孩的那種疑神疑鬼的爛人。」

「妳這樣說就太過分了，阿克婭。的確，我承認這個人很喜歡拈花惹草，而且也是個隨時都在懷疑人，非常謹慎的男人……」

大概是說著說著自己也發現這樣不算是在幫我說話吧，惠惠的聲音越來越小。

「謝謝妳們兩位。請放心，因為我是怪物，已經很習慣被懷疑了。所以兩位不用放在心上。還有你也是，請不要露出那麼傷心的表情。沒關係，請不要那麼自責……」

唯一幫我說話的是安樂王女這個事實更讓我想哭。

可惡，為什麼公會的大姊姊要把這個工作塞給我啊。

在她心目中我就那麼冷血嗎？

老實說這讓我很受傷……

我捧著魔道具呆立在原地，這時達克妮絲溫柔地對我說：

「你沒有做錯任何事情，我覺得你是對的。所以把那個魔道具給我吧。我不會讓你一個人負責這種惹人厭的工作。」

不對，我的直覺還在大聲疾呼說不要輕易相信她。

所以不要對我那麼溫柔。

安樂王女的視線從剛才開始就沒有離開過魔道具。

分明看見這個的時候還問那是什麼，但感覺就像其實知道這個魔道具的內情和有效範圍。

也不知道我這麼想，達克妮絲接過魔道具之後說：

「安樂王女啊，我有個問題想問妳。妳怎麼看待我們人類？」

「……你們人類對我而言是非常重要的存在。即使說是不可或缺也不為過。」

阿克婭和惠惠看著魔道具，魔道具並沒有響。

然後達克妮絲似乎打從心底感到安心，喘了口氣。

「不好意思，我們不應該懷疑妳的。請妳原諒我們。不過，這樣一來我們對妳的疑慮也洗清了……好了，和真，你也不用那樣一臉陰沉了。這次難得有了一個圓滿的結局。」

說著，達克妮絲露出如釋重負，神清氣爽的表情對我笑了一下，但我連看也沒有看她一眼。

「之前來到這裡的那些冒險者和旅行者，妳在送完他們最後一程，等到他們死了之後做了什麼？妳拿他們的屍體當成養分了對吧？」

我說出的這句話，讓現場的空氣瞬間凍結。

「你、你這個人……」

沒有理會完全表現出反感的阿克婭，我對著同樣僵住的安樂王女說：

「妳剛才是這麼說的對吧，我們人類對妳而言是非常重要的存在。不過，那句話的意思是，作為讓妳活下去的養分，我們非常重要對吧？」

這句話讓安樂王女一臉很受傷的樣子，露出快要哭出來的表情。

糟糕，這果然讓我的良心痛到不行。

不過，這個傢伙果然有問題，我覺得她一定相當清楚這個魔道具的能力，因此慎選言詞不讓魔道具有所反應。

沒問題，相信自己吧。

這是警戒心強烈的尼特的直覺，雖然還不確定，不過這個傢伙肯定有鬼。

「我再問妳一次。來到這裡的冒險者們的屍體，妳在送他們最後一程之後怎麼處理？回答我是或不是。」

我對依然一臉難過的安樂王女這麼說之後，安樂王女顯得相當落寞。

「是，他們變成我的養分了。現在也是我的一部分……他們會在我的體內，一直和我一起活下去。我絕對不會忘記這樣的他們……好了，這樣你滿意了嗎？」

惡狠狠地瞪了我一眼，安樂王女這麼說。

這種氣氛是怎樣，搞得我越來越像壞人了。

「和真，你果然是冷血的惡鬼。你的心是不是掉在什麼地方了啊？我去幫你撿回來就是了，你快點回想一下掉在哪裡了。說啊，還不快說！還是那種喪失記憶的魔藥，讓你連良心都忘掉了！」

「和真，再怎麼樣也有更像樣一點的說話方式，或著說是問話方式吧……剛才阿克婭打算碰她的根的時候，她不是還出聲阻止嗎？一定是她的根部擅自吸收掉的吧。」

哎呀，大家都覺得超反感呢。

不過她剛才的回答方式讓我知道了。

果然沒錯，這個傢伙絕對是故意的。

她對魔道具的功用的理解非常正確，專挑一些不是謊言的微妙之處來答。

「……吶，我有點事情要拜託妳們。暫時讓我和這個傢伙獨處一下好嗎？」

為了和安樂王女一對一談話，我對大家這麼說。

「你這種鬼畜尼特想要和看起來這麼純潔的女孩獨處，到底有何居心？」

「在我們離開之後，你該不會又要像以前在紅魔之里附近碰上安樂少女的時候那樣，一臉生龍活虎地跑來跟我們報告說你除掉她了吧？」

「妳們到底是有多不信任我啊。我不會趁妳們不在的時候砍這個傢伙啦。妳們看，這個魔道具也沒有響對吧？」

大概是因為魔道具沒有響而姑且接受了我的說法吧，阿克婭和惠惠離開了現場。

「和真，驅除怪物確實是我們冒險者的義務，也是必須有人去做的事情。不過，你不要太過逞強，把自己逼得太緊喔。」

只有達克妮絲還是一樣產生了奇怪的誤會，不過這樣就完成清場了。

我目送她們三個離開，同時對安樂王女這麼問：

「這樣妳就可以說出真心話了吧？我對妳們的本性非常清楚。現在妳不需要顧慮那麼多了，說出真心話吧。」

聽我這麼說，安樂王女表示：

「我說你啊……那麼愛懷疑人，你活著都不覺得這樣的人生很累嗎？」

明明是個遠稱不上是人類的怪物，卻跟我談起人生來了。

5

「妳這個傢伙露出真面目啦，不過是株植物還敢教訓貴為人類的我。」

「你這個男人也太小家子氣了吧。就是因為這樣才會還是處男啦。」

……

「喂，我可不想聽到植物叫我處男。再說妳明明是怪物為什麼會知道那種詞彙啊。是哪個冒險者教妳的？」

「活得這麼久，總是會得到各種知識……所以呢，你想怎樣？那三個人當中你想和誰交配？」

這個傢伙沒頭沒腦地說的這是什麼話啊？

「就是這樣我才會討厭野生的怪物，就沒有別的表達方式了嗎？而且那些傢伙是同伴，別做那種下流的臆測好嗎？小心我把妳連根挖起喔。」

對於我的威脅，安樂王女露出氣定神閒的笑容。

「你敢那麼做的話，你的同伴們會飛奔過來喔，這樣好嗎？好感度會下降喔。而且你不用跟我說那種場面話，人類的雄性一整年都和發情期沒有兩樣對吧？」

「什麼人類的雄性什麼交配什麼發情的，叫妳選一下遣詞用字是聽不懂喔！我們人類在發展到那種行為之前要經過很多階段。人類是很細膩的，不要和妳們怪物混為一談。」

聽我這麼說，安樂王女歪了一下頭。

「可是，你從第一眼見到我的時候就一直盯著我的這裡看不是嗎？」

說著，她捧起自己那對只有勉強能夠蔽體的布料蓋著的豐滿胸部。

「這是人類男性的本能。就像妳們植物會行光合作用，春天到了就會到處亂播種一樣，這算是難以壓抑的生理現象。」

「光合作用也就算了，我們的繁殖方式才不是播種那種下流的行為呢。不要把我們和那種不懂分寸隨便播種的下等植物混為一談。我們會攏絡人類，請人類幫忙把我們搬運到遠方去進行分株繁殖。很久以前，原本長在其他地方的我拜託人類把我種到冒險者和怪物比較弱小的地方去，他就把我搬到這裡來種了。」

這個傢伙其實挺堅強的嘛。

「而且我們大概一百年才會分株一次，和一年到頭都在交配的你們人類還有哥布林不一樣。不同於在增加數量時毫無計畫性可言的你們，我們的目標是和自然和諧共存。」

「不准把人類和哥布林放在一起講。還有，妳明明是植物怎麼會這麼難搞啊。」

而且不過是怪物，沒事跟人家顧什麼環保啊。

「……所以，你知道我的真面目了，接下來到底想怎樣？」

顯露出警戒心的安樂王女看著我，完全表現出敵意，和剛才截然不同。

「那種事情不用說妳也知道吧？我是冒險者，妳是怪物。也就是說，我們是彼此的敵人，無法共存。」

聽了這句話的安樂王女表示：

「你說說看我到底做了什麼啊，來到這裡的那些人全部都是出自自己的意願好嗎！與其一個人孤零零地翹辮子，有我送最後一程還比較好吧！有效利用他們的屍骸也只是相應的代價罷了。冒險者沒有痛苦，不會寂寞，可以死得很安祥，是一種幸福。我可以得到優質的營養，也很幸福。這樣明明大家都可以得到幸福還有什麼好抱怨的啊，你這個偽君子！」

這個傢伙真的很難搞耶。

最棘手的就是這種智商要高不高的怪物了。

「最好是這樣惱羞成怒過得了關啦，我決定要除掉妳了。冒險者公會告訴我，因為有妳在，這座森林變成了知名的自殺勝地，給人的印象很差。為了避免有人又想來這種地方自殺，我還要幫這座森林取個很輕浮的名字寫在告示牌上立在森林的入口。」

「先等一下，別那麼快下結論。而且你一點也不打算加害我，這點我很清楚喔。」

安樂王女這麼說完，對我露出邪惡的笑容。

我不會加害她是什麼意思？

「我在這裡扎根之後，也差不多過了快要一百年。你以為這段時間內沒有任何一個人察覺到我的本性嗎？然後，你覺得那些傢伙都怎麼了？」

聽安樂王女這麼說，我開始後悔支開大家了。

我忘記了，這個傢伙也是貨真價實的怪物。

而且，安樂少女原本的棲息地，是充滿強大怪物的紅魔之里。

在那種地方，能夠在生存競爭當中存活下來，怎麼可能弱到哪裡去。

我把手放到腰間的刀上。

「等等，你先冷靜下來吧。別誤會了，我可不是神不知鬼不覺地葬送了他們。不如說，我接下來要說的對你而言也是好事一樁。」

結果安樂王女如此表示，然後指了指自己的腳邊。

「妳這是在幹嘛？」

「挖挖看吧。這裡面埋了很多對你而言很有價值的東西。」

她這麼說我就想通了。

安樂王女會把冒險者們的肉體當成養分。

不過，他們身上的金錢、裝備、道具之類的東西會跑到哪裡去？

答案就是埋在這個傢伙的腳邊了吧。

也就是說……

「妳這個傢伙未免也太像人類了吧，難不成妳是想收買我嗎？」

「可是這對我們雙方而言都不是壞事吧？我給你錢財，你放我一馬，這就是所謂雙贏互惠的關係。我剛才不是說過嗎，我們的目標是和自然和諧共存。」

看來她為了這種時候累積了不少錢財呢。

太瞎了吧，為了在緊要關頭請對方放自己一馬而幫自己存贖金的怪物是怎樣啊。

不過……

「只能說妳碰上不該碰上的對手。我的名字是佐藤和真，是葬送了眾多魔王軍幹部的阿克塞爾第一冒險者。如果我是個普通的冒險者的話，或許還會答應妳的提議吧。不過，妳可別把我當成和隨便一個冒險者一樣喔。之前的活躍表現，讓我的錢財多到花不完。」

說著，我放下背上的背包，安樂王女便首度表現出著急的模樣。

「呃，喂，等一下啦，你冷靜一點。我懂了，你是個不為金錢所動的偉大人類。不，老實說剛才是我太小看你了。你是我目前見過的冒險者當中腦袋最精明的一個。而且不僅如此，還擁有高貴的自尊心，是個貨真價實的冒險者。」

聽了她這番話，我暫時停下手邊的動作。

「收買不成，接下來改用灌迷湯了是吧？不過很遺憾的，平常一直都在大放異彩的本大爺，事到如今已經不會因為那點程度的讚美而動心了。畢竟，一直到不久之前，我還在吩咐城裡的女僕每天都要舉出我十個以上的優點呢。」

「你這個傢伙還算是人嗎？就連身為怪物的我也知道你這樣很奇怪喔。」

說著，明明是怪物，安樂王女卻露出了別有風味的困惑表情表示：

「……喂，那是什麼。等一下喔，你想做什麼？」

她看見我從背包裡拿出來的東西，瞬間臉都綠了。

我心想她明明是植物為什麼還可以臉色發綠啊，不過也沒有多加理會，把手上的東西拿給她看。

「如妳所見，是除草劑。」

「我知道了你別這樣有話好說，不然這樣好了，你們不喜歡我待在這裡的話，想把我移植到哪個遠方的山上也沒關係……吶～～拜託你啦，我姑且把話說在前頭，我應該沒有主動引誘人類，絆住人類，讓任何人早死才對吧，反而還照顧了很多年老的冒險者，幫他們換尿布之類的做了很多事情耶，吶～～我說的是真的啦，像是一直重複聽他們說同樣的話好幾次之類的，我也做了很多啊，至少最後讓我享受一點好處嘛！」

她說的這些是讓我的心裡很有感觸沒錯，但無法讓我住手。

「妳說移植就移植是要怎麼移啊，妳的本體不是那棵大樹嗎？」

「我的本體是這座森林全部喔。我的根遍布整座森林，如果你願意全部連根挖起……」

「最好是辦得到啦，妳以為這座森林有多大啊！」

我打開除草劑的蓋子，然後一瓶一瓶在地面上排好。

「吶～～拜託你啦～～饒我一命嘛～～錢都可以給你，這裡的東西你也可以全部拿走，如果你願意放我一馬的話，我還會一輩子記得你喔～～之前那些由我照顧到最後的人我全都記得。壽命短暫的人類，至少可以在我的記憶當中一直活下去。那些連子孫都沒有的人類，光是有人一直記得他們也算是很有價值了吧，你不覺得嗎？好嘛～～放我一馬啦～～！」

還真虧這個傢伙有辦法這樣一直說個沒完啊，明明是棵植物。

夠了，還是趕快解決她吧。

我沒有繼續聽安樂王女說下去，一手拿著瓶子走向她身邊。

「喂，你這是在開玩笑吧？你剛才不是說不會加害我嗎？那個拆穿謊言的魔道具也沒有響啊？難道你改變主意了嗎？這樣太奇怪了吧！吶，這只是在嚇唬我對吧？」

「我可沒有說不會加害妳喔。就像妳在回答的時候會微妙地避重就輕一樣，那個時候我是這麼說的：『我不會趁妳們不在的時候砍這個傢伙』。我現在不是拿刀砍妳對吧？所以我說的不是謊話。」

聽我這麼說，安樂王女終於真心開始著急了。

「喂，你這是在開玩笑吧？我、我知道了，有話好說！有什麼我辦得到的事情我都願意做！不然這樣，比方說你從剛才開始就一直盯著看的這個，也可以隨你處置喔！」

說著，安樂王女雙手抓住自己豐滿的胸部，用力搖晃了起來。

「吶，求求你嘛，我也沒辦法啊，有效活用死掉的人類的屍體是一種資源回收吧，這樣多環保啊是在保護環境耶，反正屍體放著不管也是回歸塵土，就算被我吸收掉了……」

說到這裡，原本口若懸河的安樂王女暫時閉嘴。

「……吶，你該不會是看到這個之後心裡開始有點糾結了吧？」

「並沒有。」

我只是注意力有點被搖晃的巨乳拉走了而已，並沒有糾結。

我是沒什麼節操沒錯，但是再怎麼樣也沒有落魄到會對植物型怪物起色心，我的業障並沒有重到那種程度。

那種對象只要有夢魔就夠了。

「吶～我都已經表現得這麼誠實了，你也老實說嘛～反正也沒有任何人在啊。誠實面對自己不就好了，你其實有點興趣對吧？」

這就是醃漬任務當中以難度特別高著稱的安樂王女啊。

好個狡猾又棘手的敵人，你可要把持住啊，佐藤和真。

對象是植物，和巴尼爾前幾天給的性感蘿蔔是同樣水準的東西啊。

「我吸收地面的養分，這是植物的本能。然後，你會想要摸我的這裡，也是身為雄性的本能。吶，本能哪裡不好了？怪物也是活生生的生物，你也是活生生的生物！來吧，讓我們一起順從本能，依循自然地活下去吧！」

順從本能，依循自然。

不愧是植物型怪物，發言有關自然的時候別有深意。

我搖搖晃晃地靠了過去，正準備朝她的胸部伸出手的時候，連忙停下動作。

「我現在是想幹嘛啊！妳這個傢伙太危險了吧，害我差點就就跨越身為人類不應該跨越的界線了！」

看見我回過神來了，安樂王女領悟到就連色誘也對我不管用。

「呀啊啊啊啊啊啊啊啊啊啊啊啊——！」

於是便以響徹整座森林的音量放聲尖叫。

6

「怎麼了怎麼了，到底發生什麼事了！和真，你做了什麼！」

「和真，你這是想要撒什麼東西啊？這該不會是除草劑吧！」

聽見安樂王女的尖叫聲，阿克婭她們趕了過來。

「妳們來得正好！喂，快來幫忙，這個傢伙果然不是什麼好東西！」

我以勝券在握的驕傲神情如此強烈要求，卻不知為何換來責難的眼神。

「你趁我沒在看的時候是在搞什麼啊。你是不是利用那個會叮叮作響的魔道具來騙我們？快說明這是怎麼回事！」

「阿克婭說的沒錯，你先說明現在的狀況吧。」

聽她們兩個這麼說，我正打算說明剛才和安樂王女的互動時，安樂王女眼露凶光，搶先控訴。

「這位先生突然想對我做很過分的事情……！」

「閉嘴，妳不准說話！」

我高高舉起除草劑，嚇唬想要胡亂插嘴的安樂王女。

而達克妮絲把手放在這樣的我的肩膀上，一臉困惑地表示：

「和真，這樣我們完全不知道是什麼狀況。你先說明一下發生了什麼事吧。」

「這個傢伙果然很黑心，她和我兩個人獨處的時候，就口沒遮攔地什麼都招了。說話啊，在這個魔道具前面說說看啊，說妳在阿克婭她們離開之後態度改變得有多快啊。如果妳敢說自己的態度沒有變的話，就在這個的前面說說看啊。」

儘管我拿著魔道具如此逼問，安樂少女也沒有回答，只是露出傷心的表情。

「喂，夠了喔，別再擺出那個態度了，這樣會害我的評價變差！妳還是死了那條心，老實招出來吧！」

但是，我太小看這個傢伙了。

我忘記這些傢伙是最會欺騙別人、陷害別人的怪物了。

安樂王女沒有回答我的問題，反而丟下最大級的炸彈。

「這位先生一直對我的胸部充滿興趣……」

「妳這個傢伙突然扯什麼東西啊。」

聽安樂王女如此爆料，阿克婭她們的視線集中到我的手上來。

然後，看著我手中那個沒有響的魔道具，現場的氣氛為之凝結。

「妳這個傢伙還真有種啊，我也沒想到妳竟然會出這招。不過我也很會有效利用這個魔道具了。喂，妳們幾個給我看清楚了。這個安樂王女啊！在妳們消失之後，這個傢伙的態度變得很差，不斷開黃腔而且全都很低俗，展現出最差勁的一面！」

感應謊言的魔道具還是沒有響。

阿克婭她們見狀，顯得相當迷惘。

「我、我承認剛才確實說了很下流的話。不過，請妳們讓我辯解一下！」

依然沒有響的魔道具害得阿克婭她們表現出一副「你們在說什麼啊」的樣子，開始往後退。

看來她們開始困惑了起來，不知道自己該相信哪一方的說詞。

或許是發現這個狀況對自己不利了吧，安樂王女決定豪賭一把。

「你、你剛才不是還伸出手想要摸我的胸部嗎！」

魔道具沒有響。

「妳還敢提這個喔，追根究柢，明明就是妳要我放妳一馬才提出讓我揉妳的奶子當成代價的吧！」

「我可沒有說得那麼猥褻，請不要擅自解釋！」

魔道具還是沒有響，害得她們三個的眼神越來越冷淡。

「可惡，這樣下去也沒完沒了！都是因為想要和妳對話才會出問題，一開始就應該動用武力了！像妳這種傢伙就該這樣對付！吃我的除草劑啦！」

我拿起腳邊的除草劑，灑到安樂王女的根部。

「住、住手——！居然對無法動彈的我動粗，太卑鄙了，因為口舌之爭快輸了就想靠武力解決，未免太狡猾了吧！」

「少囉嗦，不過是個怪物還敢滿嘴大道理！喔，妳這個傢伙是怎樣竟敢反抗，乖乖接受制裁吧混帳，我要灑好灑滿灑個痛快！」

安樂王女為了不讓我再灑下去而抓住我的手臂頑強抵抗。

「別這樣，不要做那麼過分的事情！不要把那種髒東西灑在我身上！我要被玷汙了！誰來救救我啊，我要被玷汙了，你怎麼可以對我的下半身灑那種東西……」

「妳這傢伙的遣詞用字有必要都那麼猥褻嗎，我不過就是在妳的腳邊灑除草劑而已！」

在七嘴八舌地吵個沒完的同時，我依然不斷灑著除草劑。

除草劑出乎意料地快就生效，不久之後……

「——糟糕，我好想吐，雖然我吐不出東西而且連那種器官也沒有，但是總覺得非常不舒服……」

吸收了除草劑的安樂王女才剛這麼說就變得眼神渙散，低下頭去。

她就像是喝酒喝到爛醉似的，臉色蒼白，上半身不住搖晃。

「很好，妳們幾個，現在正是大好機會，快幫忙灑除草劑！」

說著，我興高采烈地轉過頭去，看見的卻是大家反感到不行的表情。

「別、別用那種眼神看我好嗎，我說的話都是正確的啊。這個傢伙說的話雖然也不是謊話，但也不全然正確。就算是我也不至於對怪物的胸部起色心……」

魔道具「叮」一地響了起來。

聽見那個聲響，三人顯得更覺得反感了。

「呵呵呵呵呵。」

看起來依然很不舒服的安樂王女發出勝而驕矜的笑聲。

「得到報應了吧該死的冒險者，你就這樣被當成對怪物起色心的上級色狼，一輩子背負著這個十字架吧！居然把這種噁爛到不行的東西灑在我身上，下地獄去吧混帳處男！」

這大概才是她原本的個性吧，安樂王女突然口出穢言咒罵我。

「吸除草劑也可以吸到醉！我在下地獄之前也會先送妳下去！」

暴怒的我一手拿著瓶子一點一點逼近安樂王女，她見狀便自暴自棄地滔滔不絕了起來。

「口舌之爭輸給我就動用武力你不覺得丟臉嗎——？怎麼滿臉通紅了啊——？你剛才說自己是很厲害的冒險者，可是那麼厲害的冒險者卻是處男你不覺得丟臉丟到家了嗎——？身邊有三隻母的卻還是處男，你這個傢伙是怎樣啊，剛才還說他們是同伴，不過說不定這麼想的只有你一個人，那些傢伙只把你當成點頭之交以上同伴未滿的人……」

我在安樂王女繼續說下去之前，先在她的腳邊灑了一瓶又一瓶除草劑。

「噁！噁心死了！可惡，你這個混帳處男！我的根部遍及這整座森林！想完全剷除那些根大概得花上幾十年吧！在你壽終正寢之前有辦法消滅我嗎？你能得到的報酬八成完全不合乎必須付出的勞力，不過你就儘管努力挖吧！」

安樂王女一直到最後，都在我的心頭上留下傷痕。

7

「——佐藤先生，勞你費心了。安樂王女討伐任務，真是辛苦你了！」

「就是說啊我都快累死了這次真的真的有夠辛苦啊啊啊啊！」

回到阿克塞爾之後，我們立刻去找大姊姊報告。

「安樂王女好可怕喔，我不想接近安樂王女的森林了……」

我身旁的阿克婭從剛才開始就一直哭哭啼啼的。

後來，惱羞成怒的安樂王女完全顯露出本性，將攻擊的矛頭指向在場的所有人。

「吶，和真……我問你，我是不是很不起眼啊？是不是沒什麼存在感啊？被她那麼一說，害我自己也覺得心裡有底……昨天有所表現的是阿克婭和惠惠，然後今天也是你一個人討伐了安樂王女。是不是像安樂王女說的那樣，我真的是個沒人要的小孩啊？吶，是不是像安樂王女說的那樣，你們帶隻亞達曼蝸牛去代替我也可以得到同樣的結果啊？」

大概是被說了那些真的讓達克妮絲大受打擊吧，她的情緒低落到谷底，說話的時候連站都站不穩了。

「吾乃惠惠，身為紅魔族第一的天才，乃阿克塞爾首屈一指的魔法高手，沒問題，我很強，我很厲害，我才不是紅魔族當中的魯蛇。我不需要把怪物說的話聽進去，就算她說我自以為是強勢又高傲的魔法師但其實沒朋友，我也不需要把那種話放在心上。沒問題，我的同伴就在這裡，我有最重要的一群同伴，沒問題，沒問題，沒問題……」

看著從剛才開始就不斷嘟嘟囔囔地自我催眠的惠惠，我才知道安樂王女留下的傷痕比我以為的還要深很多。

「不過，我就知道佐藤先生一定能夠完成任務！對手可是那個安樂王女耶，是各式各樣的冒險者前去討伐，卻讓每個人都斷念而歸的那個安樂王女耶！因為部分人士表示安樂王女是無害的怪物，報酬才會變得很低廉……但儘管如此，有怪物棲息在城鎮附近還是會讓冒險者公會的面子掛不住！結果明明我們交代的是調查任務，佐藤先生卻為我們討伐了她。這次我真的很感謝你！」

大姊姊對心靈嚴重受創的我們露出笑容滿面的表情。

米米也跟在她身旁，對我投以尊敬的眼神。

……這時，我忽然發現到一件事情。

「我打倒的只有上半身，所以請公會負責把遍及整座森林的根部完全處理乾淨喔。對了，我有件事情想問妳。為什麼妳會覺得我有辦法打倒安樂王女啊？」

聽見我拋出的疑問，大姊姊便靜止不動了。

沒錯，安樂王女無法離開她的所在地，只要有那個決心，其實任何人都能夠打倒她。

只是，要打倒她的話會覺得嚴重對不起自己的良心。

「不好意思，妳該不會覺得我是個面對安樂王女也能夠毫無顧忌地宰掉她的人吧？」

大姊姊沒有回答我的問題，把裝了報酬的袋子交給了我。

「那麼，佐藤和真先生，這次真是辛苦你了！再見嘍，米米！大姊姊明天也會等妳來玩喔！」

「喂，妳給我等一下，我的話還沒有說完！還有，我不會再帶米米來了，應該說，我明天開始就再也不會來這裡了！我的工作量已經很夠了，解決掉的都是醃漬任務當中難度特別高的委託，妳應該沒什麼好抱怨的了吧！」

我一口氣把想說的話全都說了出口。

「明天我會準備一整個大蛋糕喔。」

「我會來的。」

而大姊姊也已經毫不掩飾，在這樣的我眼前大大方方地用食物釣米米。

8

在冒險者公會解決了種種事情之後，回到家裡的我們為了治療在精神上留下的深刻傷害而各自休息。

順道一提，阿克婭和達克妮絲去雞窩找爵爾帝療傷了。

「米米，妳過來一下，姊姊有話跟妳說。」

在這樣的狀況當中，我還坐在大廳的沙發上放空的時候，已經迅速恢復的惠惠坐到我的對面，拍了拍沙發，示意要米米坐到自己旁邊來。

「雖然不太清楚有什麼事情，不過姊姊好像會生氣所以我不要。」

「米米！」

或許是察覺到什麼了吧，直覺很準的米米這麼說。

「妳聽好嘍？姊姊不是一直告訴妳，不可以吃陌生人給的食物嗎？可是妳昨天和今天是怎麼搞的，身為紅魔族，怎麼可以輕易被人家用食物釣走呢……」

很久以前，在加入我的小隊的時候，對我說她什麼都沒得吃拜託我請她吃東西的惠惠對這樣的米米如此說教。

「在紅魔之里的時候，姊姊叫我看到人就要撒嬌討食物。」

「喂。」

惠惠沒有正眼看向忍不住吐嘈的我……

「那個歸那個，這個歸這個。紅魔之里那麼小的地方，大家再怎麼說都是認識的人啊。待在這種城鎮的時候，就算陌生人說要請妳吃飯，也不可以乖乖接受。因為之後對方說不定會要求非常誇張的代價。」

「我拒絕。」

她對如此秒答的米米表示：

「米米！不可以拒絕姊姊，要是有人對妳說要請妳吃飯叫妳跟他走，這種時候妳到底打算怎麼做？因為現在的妳很有可能傻傻地跟著人家走，姊姊才這樣跟妳說啊。」

「當然是傻傻地跟過去叫他養我。」

米米把惠惠說的話當成耳邊風，惹得惠惠用力拍打桌子。

「不要說那種傻話了，乖乖聽姊姊的話！」

「姊姊愛生氣。」

聽見這句話的惠惠猛然站了起來，於是米米便迅速逃走。

「給我站住，米米，妳逃到哪裡去都沒用的！姊姊今天一定要教到妳乖乖聽話為止！」

米米逃進去的地方，是豪宅的廚房。

因為聽見了「喀嚓」的聲響，她大概從裡面上鎖了吧。

「給我出來，米米！不然妳今天就沒有晚餐吃了！」

『等到這裡的食物全部不見了我就出去。』

原來如此，看來她不是什麼都沒想就逃進廚房裡。

「米米，不要開那種無聊的玩笑！應該說妳不開門的話我們要怎麼吃飯啊，這個時間該開始準備晚餐了，快點開門……米米……妳在裡面吃什麼東西啊！不可以這麼任性，快點出來！妳不出來的話姊姊要把門撞壞了喔！」

「不過是姊妹吵架，不要破壞廚房門啦。」

不過米米再這樣把自己關在廚房裡面我們也沒飯吃，所以跟在惠惠後面的我也開始說服米米。

「話是這麼說沒錯，可是和真，不趁現在好好管教她的話等到後悔就來不及了，到時候就沒救了。」

的確，之前聽阿克西斯教的祭司賽西莉說過，她第一次見到惠惠的時候，惠惠就因為想吃飯而傻傻地跟著她到教堂去了。

「已經沒救的妳說這種話倒是滿有說服力的。」

「喂，你想找我吵架的話我樂意奉陪喔！」

『大哥哥加油。』

「米米！把自己關在裡面的人出言挑釁是卑鄙小人的作為，妳乖，快點出來！」

這對姊妹的感情是好還是不好啊。

……我想，應該是感情好的姊妹才會吵架吧。

『我在櫥櫃裡找到好大的巧克力。』

廚房裡面傳出了米米喜不自勝的聲音。

聽見這句話的惠惠，突然臉色大變。

「米米！那個不可以吃，那是我好不容易才準備來……米米，我知道了！姊姊不生氣就是了，妳出來！我們和好吧！」

聽著感情這麼好的這對姊妹如此互動。

『吃完這個我就乖乖出去。』

「米米——！」

我再次體認到，妹妹果然很讚。

最終章

1

與冒險者們一起回歸原點！

隔天。

「米米！米米跑去哪裡了！」

惠惠一大早就放聲大喊，跑來跑去，把我吵醒了。

「大清早的是怎樣啊，妳到底在吵什麼啊？」

自從那個幼女來了後，說來說去連我也開始記得要早起了。

聽說她還身兼向父母報告的任務，所以我也不能被看到太墮落的生活。

「和真，早安。我在找米米。那個孩子真是的，不知道是不是忍不到有早餐可以吃的時候，擅自吃了廚房裡的東西之後就不知道跑到哪裡去了。」

「該怎麼說呢，妳妹真是超堅強的。」

被擅長料理螯蝦的姊姊養大的話，或許就會長成那樣吧。

「我也不覺得自己把她養成這種小野人了啊。真不知道她到底是像誰。」

我很想說「除了像妳還能像誰啊」，但還是忍了下來。

「反正她之前應該也沒離開過紅魔之里，八成是覺得阿克塞爾很稀奇吧？如果是在附近散步的話，大概不久之後就會回來了。」

「也對，我一開始來到這個城鎮的時候也覺得所有事物都很新鮮，所以那種心情我也懂就是了……」

惠惠嘆了口氣，一臉還是不太能夠接受的樣子。

這個城鎮別的沒有，就是治安最好。

即使一個小女孩自己走在街上，應該也不需要太擔心才對。

於是，我們決定先解決早餐。

「——惠惠，米米呢？昨天晚上玩桌遊的時候我輸給她了，現在想找那個孩子上訴。」

阿克婭以手臂夾著那套桌遊，像是在找玩伴的小孩似的這麼說。

「妳這個傢伙連幼女都贏不了喔？都已經老大不小了，妳這樣沒問題嗎？」

阿克婭這幾天來已經完全和米米成了好朋友。

大概是精神年齡相近的關係，她們看起來很合得來。

「你很笨耶和真，你沒聽過讓步這個詞彙嗎？一開始我想說她還小就掉以輕心，手下留情，結果才輸掉的。我拿掉一顆最弱的棋子冒險者跟她玩。」

「這樣幾乎跟沒讓一樣吧。」

好像是意外喜歡小孩，這幾天來同樣和米米成了好朋友的達克妮絲，顯得有點坐立難安地插了嘴。

「不過，都已經等這麼久了還沒有回來，她該不會是在公園還是哪裡和其他小朋友玩在一起，或是又去冒險者公會吃人家請的點心了吧？」

「很有可能。應該說，我不覺得那個孩子會和同年齡的小朋友們合得來，除了公會之外不做他想了吧。這麼說來，大姊姊好像說今天會準備一整個蛋糕對吧？」

那麼小就開始在龍蛇混雜的冒險者公會裡打滾，真不知道那個幼女將來會變成怎樣。

一個小女孩來到陌生的城鎮，照理來說應該片刻都不會離開姊姊身邊才對，但米米反而表現得像是已經不再黏著姊姊了似的。

該怎麼說呢，總覺得那個孩子將來會變成超越惠惠的大人物。

「不過，站在冒險者公會的立場，這次能夠清光一直沒有人接的任務，算是讓冒險者們提起幹勁的米米的功勞吧。在公會接受招待大吃點心，也是米米理應享受的權利。」

正如達克妮絲所說，這陣子阿克塞爾的任務幾乎都沒有人執行。既然如此，以結果而言這樣或許也是好事一件吧。

話雖如此，等到米米離開之後，大概又會變回原樣就是了……

「那麼，既然早餐已經吃完了，我們也去公會吧。」

另一方面，還離不開妹妹的惠惠焦躁不安地對我們這麼說。

——來到冒險者公會的我們，看見的是一幅奇妙的景象。

「來，妳也吃吃看這個吧。這是大姊姊親手做的喔。」

米米在這裡我還可以理解。

但是，殷勤地伺候著米米吃點心的，卻是夢魔服務的小姐們。

「小妹妹，妳也吃吃看這邊的嘛。」

「謝謝大姊姊。」

不知為何來到這裡的小姐們接連拿出點心給米米，她也大口吃著。

我對一個面熟的小姐招了招手，偷偷和她交頭接耳。

「妳們都是那間店的小姐對吧？這裡是冒險者公會喔，妳們來這麼危險的地方，是要做什麼啊？」

「哎呀，這不是常客先生嗎？我們也知道自己在做的是偷雞摸狗的事情，所以很清楚來

這裡有多危險，可是……」

說著，夢魔小姐以憐愛的眼神注視著大啖點心的米米。

「也不知道到底是怎麼了，我們就是無法放著那個孩子不管。我猜，那個孩子大概擁有高強的惡魔召喚師才能。將來，她一定會成為非常不得了的大人物……乾脆趁現在留下我的標記好了……」

聽那個小姐脫口說出這種微妙的話，我不禁看向米米。

簇擁在米米身邊的夢魔們，眼神確實都不太對勁。

這種敗北感是怎麼回事？

我也想要惡魔召喚師的才能，而不是運氣和商業手腕啊。

阿克婭待在柱子後面露出半個身體，一直盯著這樣的夢魔小姐們看。

其實，之前發生過一次事件，讓阿克婭知道有那間夢魔們經營的店。

當時，阿克婭打算除掉夢魔們，於是我便真心動怒卯起來發飆。看來是我那個時候發飆嚇到她了，現在即使惡魔就在眼前她也不敢動手。

當然也有可能是我威脅她說「要是驅除了這個城鎮的夢魔們，肯定會被男性冒險者們當成眼中釘」的緣故吧。

所以應該不會有什麼萬一才對……

「不好意思，阿克婭大人好像也來了，我們就此告辭。」

「常客先生，幫我們問候一下阿克婭大人和巴尼爾大人吧！那麼米米，改天見嘍。」

或許是很介意阿克婭的視線，她們這麼說的時候還不時轉頭過去瞄阿克婭。

夢魔們一副依依不捨的樣子，轉頭看了米米好幾次，才離開冒險者公會。

「……吶，和真，你和那些人到底是什麼關係啊？我還是第一次知道你有一群那麼漂亮的女性友人……」

「她們是一間只有漂亮的小姐聚在一起經營的咖啡廳裡面的員工。雖然賣的料理都非常普通，生意卻莫名興隆，我一直都覺得很不可思議。話說回來，她們幾位到底是喜歡我妹的什麼地方啊？」

歪頭不解的惠惠，今天依然接受冒險者們的點頭致意。

「惠惠小姐，早啊。」

「惠惠小姐，今天幾乎已經沒有工作了喔。光是昨天和前天這兩天，好像就已經把值得一提的任務都解決掉了。」

已經完全習慣「惠惠小姐」這個稱呼的冒險者，對惠惠小姐這麼說。

「這樣啊。那麼，公會也不會再塞高難度的任務給各位了吧。讓各位那麼逞強，說來說去這幾天我一直都很擔心。」

說著，惠惠小姐露出放心的笑容。

面對這樣的惠惠小姐，米米也同樣帶著笑容說：

「姊姊，這個城鎮的冒險者好厲害喔。」

「對吧對吧。再怎麼說也是我住的城鎮的冒險者嘛。」

聽兩人如此對話，附近的人都害臊地別開視線。

瞧大家臉上都微微透露出喜悅之色，心裡應該也頗為受用的樣子。

「藍髮的大姊姊也很厲害。」

「是啊。再怎麼說也是我的同伴嘛。她的實力可是足以淨化長久以來滯留在這個世界的幽魂。阿克婭平常的表現雖然不太行，但我覺得她應該獲得更高的評價才對。」

聽米米和惠惠這樣說，阿克婭得意地擺出一副跩臉。

「還有，大哥哥也很厲害。」

「這個嘛，因為他是我的小隊的隊長嘛，怎麼可能不厲害呢……不過，用那種方式討伐怪物能不能說是贏過對方有點值得存疑就是了……」

哎呀，這個傢伙對於我對付安樂王女獲得的華麗勝利似乎頗有微詞是吧？

「……奇怪？那、那個，我的表現呢……」

「妳什麼都沒有表現到吧。」

被我這麼吐嘈的達克妮絲一個人垂頭喪氣的時候。

「好了，米米，妳覺得怎樣啊？我的夥伴們很厲害吧？這個城鎮的冒險者們都很帥氣吧？回到紅魔之里以後……妳要向大家炫耀一下喔。」

惠惠這麼說，對害臊地靦腆笑著的冒險者們露出笑容。

「吶，和真，安樂王女說的其實沒有錯嗎？只需要花飯錢就可以打發的亞達曼蝸牛反而還比我管用嗎？」

「妳不要再因為鬥嘴鬥不過植物而煩惱了，忘了那回事吧。」

正當我想辦法安慰一個人沮喪不已的達克妮絲的時候。

「可是姊姊不怎麼厲害耶。」

米米丟了一顆炸彈。

「……米、米米，妳剛才說了什麼？妳是不是說姊姊不厲害？」

公會裡面陷入一片寂靜。

對於惠惠提心吊膽的質問，米米表示：

「嗯，只有姊姊好像不太厲害。」

「米、米米！妳是怎樣，進入叛逆期了嗎！最近妳一下子學人家說些難聽的用詞，一下子不聽姊姊的話，讓姊姊大受打擊喔！」

沒有理會一個人快要哭出來的惠惠，米米走到櫃檯小姐身邊。

「我有一件事情想拜託胸部大姊姊。」

「米米，可以不要叫我胸部大姊姊嗎？」

幫櫃檯小姐取了一個非常不得了的綽號的米米……

「請給我一個可以讓不厲害的姊姊變得很厲害的任務。」

也不知道是為姊姊著想還是怎樣，說出了這種讓人搞不太懂的請求。

「米米，我們回家了！我的力量只有在緊要關頭才可以用。平常差不多就是這個樣子了。好了，回家之後，今晚姊姊放爆裂煙火給妳看。」

看起來覺得很丟臉的惠惠迅速這麼說完，便牽著米米的手打算回家。

即使被姊姊拉著手快要被帶走了，米米還是對櫃檯小姐投以哀求的視線。

「嗯——其實已經沒有大型任務了耶。剩下的任務，頂多就只有討伐巨型蟾蜍了……由於這個城鎮的畜牧業並不興盛，再加上好吃的蟾蜍肉一直不乏需求，所以只有這個任務隨時都有……」

「那個就可以了。」

面對秒答的米米，大姊姊顯得有些困惑。

「這個就可以了嗎？可是巨型蟾蜍是非常弱小的怪物，真的只有作為食材的價值可取……」

「那個就可以了。」

這時，惠惠從旁抓住打算擅自接下任務的米米。

「妳幹嘛擅自幫我們接任務啊。而且討伐巨型蟾蜍一點都不是什麼多厲害的任務。我看妳大概是被蟾蜍肉釣到了吧，不過妳等著見識姊姊真正厲害的一面好了。來吧，公會應該也不是完全沒有別的任務才對吧？就算是有點強人所難的任務也沒關係。今天的我鬥志非常高昂，就算是魔王軍的幹部或是龍族我也有辦法打倒給你們看！」

說著，惠惠整個人都亢奮了起來，而大姊姊則是一臉傷腦筋。

「就算是魔王軍幹部或是龍族也可以是吧……如果是這樣的話，原則上是還有一個醃漬任務沒錯啦……」

正當大姊姊猶豫著該不該說的時候。

「喂，別讓惠惠小姐沒面子啊！」

「沒錯，她本人都說要接了，就讓她接吧！」

「就是說啊，說來說去他們也是在緊要關頭會有所表現的人，事到如今沒什麼好猶豫的了吧？」

突然，周圍的冒險者們出聲起鬨。

聽見大家這麼說，惠惠害羞地靦腆一笑。

「在場的大家說的沒錯，我都說要接了，就讓我接吧。不過就是阿克塞爾附近的怪物，無論是什麼我都有辦法打倒。還是說，那個對手比魔王軍幹部還要強嗎？」

在冒險者們的起鬨聲當中，大姊姊搖頭否定了惠惠的質疑。

這也是當然的，這種新手鎮附近的怪物，再怎麼掙扎都不可能超越魔王軍幹部。

「姊姊很厲害喔。」

眼睛因為期待著姊姊接下來的精采表現而閃閃發亮的米米追加了這麼一句，讓大姊姊帶著苦笑，將委託書交給了惠惠。

「我知道了。那麼，就麻煩惠惠小姐完成這最後一個醃漬任務吧。」

惠惠接過委託書之後，以響徹整個公會的聲量表示。

「吾乃惠惠！身為阿克塞爾首屈一指的魔法師，乃擅使爆裂魔法之人！在吾之爆裂魔法的威力之下，即使是魔王軍幹部或是龍族，只要是一打一的對決，無論任何怪物都不是我的對手！」

「喔喔喔喔喔喔喔！」

「幹掉牠！惠惠小姐，去幹掉牠吧！」
「好啊，不然需要我們幫忙也可以喔！」
在冒險者們的喝采聲當中，惠惠帶著因興奮而發出紅光的眼睛如此宣言，用力將披風往上一揮，擺出要帥姿勢……！
「剩下的最後一個醃漬任務……並不是打倒一隻怪物的任務，而是討伐從幾年前就開始互相爭奪地盤到現在的──獅鷲與蠍獅。」
在大姊姊如此表示之後，公會裡面陷入一片寂靜，擺著要帥姿勢的惠惠也是整個人僵在原地。

2

獅鷲與蠍獅。
那些不應該出現在阿克塞爾附近的高階怪物開始棲息在這附近，已經是距今約莫兩年前的事情了。

名叫蠍獅的怪物不會自然誕生，而是一種以創造魔法產生出來的魔法生物。

或許是哪個魔法師半開玩笑地釋放了出來，又或許是從附近的遺跡還是地城裡逃出來的，詳情不得而知。

總之，那隻不知從何而來的蠍獅，有一天突然在阿克塞爾附近的山岳地帶住了下來。

不久之後，就像是跟在牠後面來到這裡似的，有人看見獅鷲出現在這處山岳地帶。

據說，獅鷲剛被發現的時候，翅膀受了重傷，全身上下也傷到體無完膚。

由於牠已經身負重傷，冒險者公會便將山岳地帶指定為禁止進入區域。此舉是為了禁止人們接近受傷的獅鷲，更是在期待獅鷲能夠傷重不治。

另外，可能也是認為順利的話，獅鷲就會和把那裡當成地盤的蠍獅打起來，造成兩敗俱傷吧……

然而，獅鷲完全辜負了公會這樣的期待，幾乎每天都和棲息在同一個地盤的蠍獅彼此爭鬥，災情甚至擴散到鄰近地區。

只有一隻就已經夠棘手的怪物變成了兩隻，所以站在公會的立場，時至今日都只能張貼純屬形式委託書，同時為了以防萬一而把報酬拉得很低，避免有人真的接下任務，就這樣將這個問題束之高閣到現在。

——而現在，我們和其他冒險者一起，踏進了那兩隻有名的怪物的地盤裡面來了。

毫無幹勁地跟在冒險者們的最後面的阿克婭開口說：

「蠍獅與獅鷲啊。這麼說來，我記得很久以前好像看過這個任務。」

這個傢伙在說什麼啊？

「妳已經不記得了嗎？很久以前，我們還在為債務所苦的時候，妳還曾經想要接這個任務呢。」

沒錯，那已經是我們還是菜鳥冒險者的時候了。

為錢所苦的這個傢伙，把照理來說沒人會接的這張委託書拿了過來。

「有這種事嗎？我是不會回首往事的女人。那麼久以前的事情我早忘了。」

「那種帥氣的台詞只有很多人追的好女人才有資格說喔。」

這次的委託，在為數眾多的醃漬任務當中，也是被公會方面認定為無論如何都無法完成，而沒有丟出來的一個。

話說回來，我們曾經想過要接這個任務，在那之後已經過了兩年。

說起來，這也算是一種上訴吧。

這次不像平常那樣是遭受波及，糊里糊塗地解決掉燙手山芋。

我們已經脫離了菜鳥的行列，蛻變為實力堅強的資深冒險者，而現在正是我們證明這件事的時候。

「說來說去，我們也已經發達了呢。還是菜鳥的那個時候，我大概也沒有想過自己會主動接這個任務吧。」

「就是說啊。那個時候為了清償債款，我們每天都完成各式各樣的任務。現在回想起來還真是不可思議，總覺得比起不缺錢又過著富裕生活的現在，在負債的壓力之下每天拚命接任務的那個時候，每天好像還過得比較快樂……」

我對懷念過去的惠惠表示：

「妳那種心情叫做懷古。大部分的人都只會說以前比較好啦。」

惠惠說得好像很懷念當時的樣子，但是對於為了周轉金錢而吃盡苦頭的我而言，唯有那種生活我一點都不想再過了。

「話是這麼說沒錯，不過和真，惠惠剛才說的那些我也有點能夠體會。那個時候的我們真的是菜鳥，以巨型蟾蜍為首的各種怪物都可以把我們害得慘兮兮。那樣的我們，到了現在已經……」

說著，懷念起過往的達克妮絲不知道是想起了當時的什麼事情，紅著臉忸忸怩怩了起來。

對於這樣的達克妮絲，附近的冒險者表示：

「不，你們現在也和以前差不了多少吧。你們或許是打倒了魔王軍幹部和高階怪物沒錯，不過就拿阿克婭小姐來說好了，她不久之前打算抓住逃進後巷裡的尼祿依德卻遭受反擊，還被打到哭出來了呢。」

「等一下，我不是叫你保密嗎！你以為我是為了什麼才用少得可憐的零用錢請你吃冰啊！那是封口費，所以既然你沒有辦法保密的話就把冰還給我！」

阿克婭對爆出她的失態的冒險者如此抗議。

「我幫妳趕跑了尼祿依德，所以妳請我吃的冰是謝禮。」

被這樣隨便打發掉的阿克婭，最後撂下「要是你受傷了我要跟你收恢復魔法的費用」這樣的台詞。

過去很怕生的我們，現在和其他冒險者們的關係也已經好到可以像這樣互開玩笑了。

可見我在這個世界度過的時間有多久，密度有多濃厚了。

我不是要附和惠惠和達克妮絲的發言，不過在欠債的壓力之下每天手忙腳亂的那段時光，確實好像也沒那麼糟糕。

……不，或許是我發現當初覺得不像樣的這個世界本身，其實也沒那麼糟的緣故吧。

在半山腰放眼俯瞰，可以看見變得很小的阿克塞爾就在遠方，這絕景更讓我感慨萬千。

到了現在，我似乎也開始喜歡上這個世界了吧……

我想著這些露出自嘲的苦笑，就在這個時候。

忽然，某種陰影從頭上落下。

於是我無意間抬頭看了過去——

出現在視線前方的，是不住拍動的巨大翅膀，以及長了尖銳鳥喙的猛禽類頭部。

擁有大鷲的頭部以及獅子的身軀的巨大生物。

高階魔獸——獅鷲，已經來到我們附近了。

3

「獅鷲出現了——！」

一開始還為了不得不接下這個不可能的任務的惠惠而意氣風發地跟了過來的冒險者們，都因為第一次見到如此巨大的獅鷲而不禁為之震懾，渾身僵硬。

「和真——！牠比我原本想像還要大隻耶！瞧牠的鳥喙那麼氣派，該不會是爵爾帝的親戚吧！」

「妳不要說那種蠢話了退到後面去吧啊啊啊！惠、惠、惠惠，妳開始詠唱魔法！比起尚未現身的蠍獅，先處理眼前的獅鷲再說！而且獅鷲也比較高階！」

「我我我我、我知道了，包在我身上！」

當然，被震懾住的不只冒險者們，我們也一樣。

惠惠開始詠唱之後，聽見詠唱聲的冒險者們也回過神來，各自舉起武器備戰。

「好，我來負責坦！這次我一定要好好表現，讓米米也說出鎧甲大姊姊很厲害！儘管是獅鷲，對手也只有一隻！有這麼多人手齊心協力總會有辦法解決！」

唯一毫不畏懼的達克妮絲朝獅鷲衝了過去。

大概是此舉激起了眾人的勇氣，前鋒職業的冒險者們也接連跟在她後面，魔法師們也都各次詠唱起自己最擅長的魔法。

這時，像是抓準了達克妮絲衝過去的時機似的，一道影子跳進與獅鷲對峙的達克妮絲和我們之間。

「哎呀，這可不成。我討厭獅鷲，但要是那個傢伙不在了，你們人類就會攻到這座山上來對吧？」

長了人頭的獅子身體，配上蠍子尾巴和蝙蝠翅膀的生物。

擁有類似合成獸的噁心身體的凶惡魔獸——蠍獅擋在我們面前。

在達克妮絲和前鋒冒險者們被兩隻凶惡的魔獸包夾而陷入孤立無援的狀態時，被敵人輕易貼近到自己附近來的魔法師們各個都陷入了恐慌。

達克妮絲像是要表達這邊交給我了似的，拔劍迎向蠍獅，而蠍獅瞄了一下這樣的她之後……

便振翅飛上空中，鎖定了目標——！

「牠、牠在看我們這邊！喂，惠惠，牠一直盯著我們這邊看啊！妳的魔法先暫停一下，我們要把距離拉得更開，不然會被殺掉！」

「等、等一下啦和真，不要搖我啦！蠍獅的智商很高。牠大概是看出我正在準備使用威力強大的魔法，所以提高警覺，還把優先順序拉到前面來了吧，啊哇哇哇，要、要來了！」

不行，就算想叫其他人來救援，冒險者們為了掩護達克妮絲，也都在牽制獅鷲。

但是，在這種時候我也不會慌張！

我從背後拿出弓箭，不慌不忙地瞄準了目標。

「吃我一箭！狙擊！」

我迅速拉滿弓，朝蠍獅射出箭。

箭不偏不倚地——！

「……這東西是怎樣？」

我射出的箭，被飛在空中的蠍獅用尾巴前端輕輕揮開。

「惠惠——！我的箭被彈開了，那是怎樣啊！」

「純粹是威力不足啦！蠍獅原本就是不應該出現在這裡的，定位在上位的怪物！新手鎮的冒險者的攻擊能達到的效果就是這樣了啦！」

惠惠在吶喊的同時，再次開始詠唱爆裂魔法。

這次為了不讓敵人妨礙她詠唱魔法——應該說！

「嗚哈！這位小哥挺帥氣的嘛！喂，讓我用我粗壯的東西戳你一下如何！」

「噫——！」

蠍獅說出這種在各方面都很危險的台詞，同時秀出牠巨大的蠍尾，從空中朝我們這邊衝了過來。

我站上前去護住惠惠，口中詠唱著魔法。

「『Create Earth』！」

無論對手是多厲害的強敵，只要眼睛看不見就會有破綻。

在蠍獅失去視力之後，再幫惠惠爭取到詠唱的時間，就可以——

「這裡交給我吧，和真！像蠍獅和獅鷲這一類的大型怪物呢，都是使用魔法在飛行！換句話說，只要消除牠們的魔法，牠們就會掉下來了！」

這時，我身旁的阿克婭突然這麼說。

「喂，快住手，妳想到要做什麼事情的時候多半都沒什麼好事！接下來我就會用我最常用的組合魔法攻擊牠的眼睛……！」

就在我說到這裡的時候。

「『Sacred Break Spell』！」

阿克婭發出的魔法之光已經跨過天空，射中蠍獅了。

的確，正如阿克婭所說，蠍獅是用魔法在飛。

失去了浮力的蠍獅，維持著衝向我們這邊的動能，依循著慣性的法則——！

「嗚喔喔喔喔喔！」

「痛啊啊啊啊啊！」

墜落的蠍獅撞了過來，壓在我身上。

或許是阿克婭事先為我施展的防禦魔法救了我吧，我沒有受到太嚴重的傷害，並試圖站起來。

但是……

「小哥，來一下嘛！吶，來一下嘛！」

「來什麼東西啊，之前對付過的席薇亞也是，難不成類似合成獸的傢伙，都是這種類型的嗎！」

蠍獅壓在我的身上，以前腳制住我的雙手……！

「夠了，我要用這個一發讓你升天……啊嘎嘎嘎，這、這是怎樣——！」

我從壓制住我的蠍獅身上，以「Drain Touch」吸取魔力和體力！

「任何人都好，快來救救我啊——！不然牠會奪走我寶貴的事物，在很多方面都是！」

具體說來像是貞操，還有更寶貴的性命！

「！」

一名職業是盜賊的冒險者無聲無息，一聲不響地從背後發動襲擊，蠍獅便毫不戀棧地放開我，往後一跳，離開原本的位置。

躲過襲擊的蠍獅沒有理會發動攻擊的盜賊，反而看向我，露出一臉驚恐的表情。

看來，牠似乎沒想到會遭受「Drain Touch」的攻擊。

在場的魔法師們已經遠離蠍獅和我，將魔法攻擊集中在獅鷲身上。

我沒有那個閒工夫可以確認另外一邊的狀況，不過既然他們不顧這邊而以另外一邊為優先，可見狀況非常不樂觀。

或許是「Drain Touch」相當管用吧，蠍獅對我表現出警戒之色，而我也趁機拔出愛刀。

不過，我並不打算用這把刀正面應戰。

身為最弱職業的我，職責並非以刀劍應戰，而是爭取時間。

「喂，言行舉止從剛才開始就很怪異的混帳禽獸。你的同類曾經在我的心裡留下很深刻的陰影！我要在此狠狠教訓你一頓，撫平過去的心靈創傷！」

我鼓起氣勢如此挑釁，擾亂蠍獅的注意力。

畢竟我方有其他冒險者們可以支援，只要爭取到時間——

「啊啊！有另外一隻蠍獅！是母的，母蠍獅出現了！」

「原來是一對嗎！蠍獅是母的比較強！咱們上！」

因為突然出現的新蠍獅再次逼近到已經遠離敵人的魔法師們身邊，原本要趕過來這邊的冒險者們也轉向攻過去。

…………

「你很有膽識嘛，小哥。想單挑啊！你想和本大爺單挑是吧！真是個勇猛的男子漢呢，讓我在你屁股上戳一下吧！」

「饒了我吧！饒了我吧！」

早知道就不亂嘴了！

「和真，我準備好了！這裡交給我吧！」

結束了魔法詠唱的惠惠在我背後這麼說。

但是，要對蠍獅出招的話距離太近了，如果想解決掉這個傢伙，必須先讓牠遠離這裡才行……！

「妳的魔法用來對付蠍獅太浪費！獅鷲遠比牠強多了，別管這種小嘍囉，瞄準另外一邊！」

「我、我知道了！的確，一般都認為獅鷲的位階比較高！」

我出言挑釁蠍獅，結果就連將魔法維持在法杖前端的惠惠也自然而然地如此貶低蠍獅。

「哦？這幾年來我一直和那個傢伙打成平手，你們卻說我不及獅鷲嗎？」

我的工作是爭取時間。

只要在我們這麼做的時候，其他人能夠趁機收拾掉蠍獅或獅鷲，光是這樣就足以改變戰況了。

「拉拉蒂娜——！」

「喂，那樣沒問題嗎！」

「拉拉蒂娜一直被獅鷲啄個不停啊！不對喔，等一下，總覺得她看起來好像有點開心，情況似乎一點也不急迫呢……！」

……我這樣爭取時間，狀況真的會變好嗎？

拜託你們了，阿克塞爾的冒險者，你們不是很厲害嗎！

或許是我這樣的祈願應驗了吧，遠方響起一個聲音，傳進正在和蠍獅對峙的我耳中。

「很好，奏效了！喂——和真——！收拾掉這邊的蠍獅之後我們馬上去救你！」

這個聲音當然也傳進了眼前的蠍獅耳中。

原本一直很氣定神閒的蠍獅臉上，開始浮現出焦急之色。

「喂，你想去救你老婆的話儘管去沒關係喔。在我身後維持著魔法的傢伙是阿克塞爾首屈一指的魔法師。無論你想在這裡和我們大打出手還是想去救老婆，都隨你高興。」

聽我這麼說，蠍獅一臉狐疑地觀察了一下狀況——

「今天好像是我們占下風啊！就不跟你大打出手了。那便是要去救牠……」

然後說到這裡之後，便迅速轉身衝了出去。

上位魔獸認真衝刺起來，菜鳥冒險者們當然應付不了，包圍住母蠍獅的冒險者們被牠一撞，都被彈飛了。

「拉拉蒂娜要被帶走了——！」

聽見這個聲音，我轉過頭去，看見獅鷲叼著達克妮絲高高挺起身體，姿勢看起來已經準備好隨時起飛了。

對此，被巨大的鳥喙叼住的達克妮絲手邊似乎沒有大劍，以赤手空拳不斷毆打。

然而，這樣攻擊對堅硬的鳥喙根本起不了作用……

「和真先生，快想想辦法啊！再這樣下去達克妮絲會被抓走的！今天早上爵爾帝在庭院裡抓蚯蚓，我總覺得現在的達克妮絲看起來就好像今天早上被爵爾帝叼走的蚯蚓一樣！」

「不要在這種緊要關頭烏鴉嘴，妳這個只會幫倒忙的傢伙！」

在我們說著這些的時候，兩隻蠍獅已經突破冒險者們的包圍，朝獅鷲那邊衝了過去。

我猜，牠大概是想順勢從獅鷲身旁經過，讓追趕他的冒險者和獅鷲碰頭吧。

不愧是有人頭的怪物，這個想法相當聰明，不過……

「達克妮絲，咬牙撐住！惠惠準備施展魔法！」

我再次張弓搭箭，瞄準了獅鷲的臉部。

「目標這麼大總不會落空了吧！這次一定中，吃我一箭！」

我對準獅鷲的大眼睛，以狙擊技能射出箭。

或許是因為注意力集中在為了不讓牠起飛而一直掙扎的達克妮絲身上，獅鷲無法對逼近牠的箭及時做出反應。

「吱呀啊啊啊啊啊啊！」

獅鷲的右眼中了箭，尖銳的叫聲響徹四下。

箭原本刺得很淺，而達克妮絲為了保險起見，又朝箭尾捶了一拳。

獅鷲再怎麼厲害也忍受不了這一招而鬆了口，原本被牠叼在嘴裡的達克妮絲，在往下掉的同時露出「你活該」的表情。

「惠惠，動手！讓那三隻怪物嘗嘗阿克塞爾首屈一指的魔法師的力量！」

才剛聽見我這麼說，朝獅鷲舉著法杖的惠惠表示。

「回到阿克塞爾之後，要好好告訴吾之妹妹我的表現有多麼精采喔……吾乃惠惠！身為阿克塞爾首屈一指的魔法師，乃擅使爆裂魔法之人！蓄力已久的吾之奧義！現在就讓你們嘗嘗這招的滋味吧！『Explosion』————！」

惠惠發出的爆裂魔法。

將經過獅鷲兩旁的兩隻蠍獅也捲了進去，在綿延在阿克塞爾附近的這座山脈上，引發了巨大的爆炸——！

4

「……我受夠了。和真，我暫時不想出任務了。」

我們以千鈞一髮的戰況完成了獅鷲與蠍獅的討伐任務。

「吶，和真。我想問你，在那之後我們真的有任何成長嗎？和剛開始組隊的時候相比，我們該不會其實沒有什麼成長吧？」

「別說了，那是我現在最想問的問題。」

在受了傷，而且衣衫襤褸，卻還是自己走著的達克妮絲身旁，我揹著惠惠，和其他冒險者們並肩而行，朝著阿克塞爾邁進。

我一面望著夕陽逐漸沉沒到城鎮的另一頭，一面走著，這時背上的惠惠對我說：

「有件事我得向和真道歉……仔細想想，我還是不太想回到那個時候。」

看吧，我就知道。

「——辛苦各位了！另外，也恭喜各位！如此一來，這個城鎮的醃漬任務就全都完成了。在此，我們冒險者公會全體職員，鄭重向各位致上最深的謝意！」

灰頭土臉的我們回到阿克塞爾冒險者公會時，獲得職員們的列隊歡迎。

看見這一幕，一起前去討伐獅鷲的冒險者們，各個都露出很有成就感的滿足笑容。

同時，在職員們的隊伍的正中間。

在這個公會當中已經快要變成我們的專屬櫃檯小姐的大姊姊，推了米米一把。

「好厲害。大家都好厲害喔。」

米米的眼神閃閃發亮。

「那當然了，我們很厲害吧！畢竟我們可是阿克塞爾的冒險者嘛！不過，妳的姊姊是最厲害的一個喔。再怎麼說，這次一招解決了獅鷲和蠍獅的可是惠惠呢！」

一個長得凶神惡煞，看似戰士的男子笑得極為開懷，沒有以小姐稱呼惠惠，而是真心這麼稱讚她。

聽見那個冒險者的真心話，米米看起來開心到了極點。

「姊姊好厲害喔！」

說完，她露出至今最燦爛的笑容。

尾聲

當天晚上。

睽違已久地完成了一項大工作的我們，和參加任務的冒險者平分了獅鷲討伐任務的微薄報酬，在公會裡大吃大喝了一頓之後，在這個時間才回到家裡。

吃飽的米米在大家玩到一半的時候就已經完全熟睡，被達克妮絲揹了回來，現在睡在惠惠的房間裡。

走山路加上拿出真本事的戰鬥。

過程雖然辛苦，卻得到了睽違已久的，令人心曠神怡的充實感。

爬到床上的我正覺得微醺的感覺很舒服，今天晚上應該可以睡個好覺，帶著這樣的想法閉上了眼睛——

「和真，你還醒著嗎？你還醒著的話，我可以占用你一點時間嗎？」

就在這個時候，門外傳來惠惠的聲音。

「我還醒著，不過要睡了——」

「不對吧，人家都已經跑到房間來找你了，先不要睡好嗎！」

如此吐嘈的同時，惠惠打開了門，走進房間裡來。

我沒有下床，只從棉被底下探出頭來。

「這麼晚了有什麼事啊？妳那麼久沒和米米一起生活了，機會難得，妳不和她一起睡嗎？雖然不知道紅魔之里的人什麼時候會來接她，不過她並不會一直待在這個家吧？」

就算她要一直住下來我個人也完全無所謂就是了。

我並沒有蘿莉控傾向。

只是和愛麗絲一起在城堡裡生活的回憶還讓我眷戀不已。

這麼說來，我和愛麗絲約好要在想起她的時候寫信給她。

明天就算去冒險者公會應該也只有討伐蟾蜍的任務，還是在家裡寫信好了。

正當我在腦中如此規劃行程的時候，惠惠輕輕笑了一下。

「不，關於這件事……其實，芸芸剛才來找過我了。」

這麼說來，最近這幾天她都不見蹤影，到底是上哪去了啊？

軟呼呼和冬冬菇也說他們怎麼找她都找不到，該不會是真的卯起來在躲她們兩個吧？

「然後呢，芸芸究竟怎麼了？她也是來找米米的嗎？」

「沒有，不是這樣。她是來幫紅魔之里傳話的。據說，大家襲擊了占領紅魔之里的魔王軍，順利將他們趕出村裡了。」

好一群武鬥派。

不愧是最強的魔法師團隊紅魔族。

明明才過沒幾天而已，他們就不能把那種認真的態度用在更像樣一點的地方嗎？

「那真是太好了。不過，這樣一來……」

「是啊。芸芸說，明天我媽就會來接米米了。」

說著，惠惠抿嘴露出有點失落的微笑。

「既然如此，妳今晚就更應該陪米米才對吧？」

「不用啦，沒關係。因為那個孩子非常堅強，一直陪在她身邊的話反而是我會受傷。」

這麼說來，這個傢伙好像有點妹控傾向。

正當我這麼想的時候，惠惠對我深深一鞠躬。

「和真，這幾天你幫了我很多，謝謝你。」

她突然向我道謝。

「都什麼時候了還來這套，少見外了。這個嘛，雖然忙得人仰馬翻，又差點失去寶貴的事物，不過感覺就像回到了從前似的，是有點開心。」

我苦笑著這麼說，惠惠也跟著輕輕笑了一下。

「的確，今天的戰鬥，內容確實和從前的我們極為相似呢……應該說，我們到底有沒有那麼一點成長啊？」

在回阿克塞爾的路上達克妮絲也說過類似的話，但我不太希望她們提這件事。

而且，其實最近就算等級提升，我的能力值的成長幅度也開始逐漸下滑了。

我不太想這麼認為，不過我猜我的能力值很可能已經快要到達上限了。

在沒有外掛能力的狀態下，練等又沒有辦法變強的話，那可不是鬧著玩的。

也不知道我在心裡如此苦惱，惠惠開心地對我說：

「這麼說來，你還記得我們第一次見面的時候是什麼狀況嗎？」

聽她懷念地這麼說，我也表示：

「我當然記得啊。誰教妳突然就對第一次見面的人報出莫名其妙的名字，結果下一秒就在我眼前昏倒了。而且第一句話就是『我已經三天沒吃任何東西了』。如果有人可以把這種事情忘掉，妳倒是帶來給我看。」

「喂，我也快要搞不清楚自己是第幾次說這句話了，不過你對我的名字有意見的話就說啊，我洗耳恭聽。」

看著眼睛發出紅光，對我咄咄逼人的惠惠，我發現自己對如此習以為常的對話也感覺到懷念。

或許是我這樣的想法寫在臉上了，又或者她也不是真心動怒吧，惠惠不久之後便咯咯笑了出來，於是我也跟著笑了……

「和真。在那之前，我就已經知道你這個人了喔。」

這時，惠惠突然這麼說。

「和真和阿克婭或許不知道，但其實我在加入小隊之前，就已經知道你們兩個了。」

「是喔。」

也就是說，我和阿克婭從那麼久以前就非常引人矚目了嗎？

「……我話說在前頭，你們兩個以前就是受人側目的怪人喔。你們經常在各種地方挨罵，然後一下子生氣一下子大哭對吧。一下子在公會的酒吧打工，一下子又在賣菜。你們兩個經常在各種地方挨罵，特別引人側目，所以我一下子就記住你們了。」

「喂，所以妳記得我們不是因為好事嘛。」

聽我這麼說，惠惠開心地咯咯嬌笑。

「不過就算是這樣，你們兩個看起來還是非常開心。我之所以想要加入你們的小隊，真正的理由是，因為那個時候，我想像了一下，如果能夠和你們一起組隊，冒險起來不知道會有多開心。」

聽見這種話我想生氣也氣不起來了。

「不過，要是我告訴當時的自己將來會喜歡上和真的話，我八成也不會相信吧。」

「咦！我給妳的第一印象有差成那樣喔，就算是我也會受傷耶。」

聽我這麼說，惠惠又笑了，笑聲聽起來真的很開心。

「和真和真。」

「怎樣啦。我已經想躺床生悶氣了，可以不要吵我了嗎？我從剛才開始就有點微醺覺得正好睡呢。」

有點鬧彆扭的我這麼說。

「我差不多想和你變成同伴以上戀人未滿的關係了。」

而惠惠突然沒頭沒腦地對這樣的我丟出超猛的快速球。

※

「——真不好意思，和真先生。我們家的兩個女兒都受你照顧了……」

「不，一點都不需要客氣。令嬡也照顧了我不少。」

隔天早上。

單方面對我說了那種話之後，惠惠沒有任何進一步的作為，只是照常說了聲晚安就回自己的房間去了。今天早上見到我的時候也一副什麼都沒發生過的樣子，向我打招呼。

因為米米還在同一個屋簷下，會這樣或許也是莫可奈何的事情，但是留下那句話就馬上走人也不太對吧。

害我睡眠不足。

她們家無論是姊姊也好，妹妹也罷，真的一家都是小惡魔呢。

「說到照顧你，請問到底是在哪方面照顧你呢？無論是哪方面我都沒關係，不過小女也差不多是該找對象的年紀了……」

說出這種奇怪的話的人，是惠惠的母親，唯唯。

「差不多是該找對象的年紀了」這句話，讓來到玄關為米米送行的達克妮絲抖了一下。

這麼說來，身為貴族的這個傢伙也差不多到了再不出嫁就會被說是剩女的年紀了是吧。

「當然是在冒險方面喔，我沒有其他奇怪的意思。」

「我知道我知道，小女全都告訴我了，所以我知道得一清二楚喔，和真先生。只要你願意負責就可以了。」

聽唯唯這麼說，我不禁轉頭看向惠惠，但她本人也是一臉驚恐，用力搖頭。

既然如此，她口中的「小女」就是……

在我和惠惠地注視之下，唯唯拿出一本小小的筆記。

我記得，那應該是米米拿來記事情的筆記本。

「藍髮大姊姊很厲害，她好像揍了鬼一拳。鎧甲大姊姊也很厲害，她被超級大鳥吃掉了。姊姊的男人也很厲害，他灑除草劑解決掉一個女生。姊姊也很厲害。雖然搞不太懂但是很厲害。」

喂。

最後是怎樣，惠惠都把自己的表現有多精彩說明給這個幼女聽了，她卻都沒有聽懂嘛。

聽見這段話的惠惠雙手撐在地毯上，渾身虛脫地跪倒在地時，唯唯繼續唸出筆記本裡面的內容。

「晚上發現姊姊不在，我想說是在男人的房間就跑去看，就聽到姊姊好像說想要變成同伴以上戀人未滿。」

「米米！那個時候妳醒著嗎！而且妳還跑來偷聽！妳到底是從哪裡聽到哪裡啊！」

惠惠聽了猛然彈起來，激動地這麼問。

而唯唯對激動到滿臉通紅的惠惠說：

「事到如今也沒什麼好隱瞞的了吧。只要妳幸福，媽媽都無所謂。」

在母親溫柔的眼神注視之下，惠惠再次倒在地毯上，抱著頭滾來滾去。

唯唯看也沒有看這樣的女兒一眼。

「那麼，和真先生，我們就此告辭了……話說回來，雖然之前聽你們說過，不過這間豪宅還真的很氣派呢。這樣的話把女兒交給你也不需要擔心了。」

「大哥哥再見。下次來的時候我想吃蟾蜍。」

唯唯只留下這麼一句話，就開始詠唱魔法，大概是準備施展「Teleport」吧。

「吾母唯唯！妳那麼久沒有見到寶貝女兒了，難道就沒有別的話可以說了嗎！」

惠惠連忙這麼問。

「快點生小孩。」

唯唯也只是丟出這句一點也不像該對還不到十五歲的女兒說的話。

「等等，媽……！」

在惠惠開口吐嘈之前，唯唯已經把米米抱了過去。

「那麼，妳要好好保重喔。外孫的名字我會幫妳取。」

真的就像是一陣風暴一樣。

「『Teleport』！」

瞬間就消失了。

「——早啊！吶，今天早餐我有點想吃雞肉耶……哎呀？米米跑去哪裡了啊？」

送走唯唯之後。

正當我們因為剛才那過於誇張的別離而茫然佇立在原地的時候，還是一樣不識相的阿克婭到了現在才起床。

「妳怎麼會睡到現在啊。米米已經回去了喔。」

「啥——？為什麼啊——！我今天本來想跟她一起去獵尼祿依德的耶！」

妳不是才被尼祿依德弄哭嗎？

就算尼祿依德很弱，連小朋友都有辦法狩獵好了，妳該不會是想叫米米幫妳獵吧？

這時，因為阿克婭的愚蠢發言而回過神來的惠惠說：

「這次真的給大家添麻煩了……我的媽媽和妹妹真的對大家很不好意思……」

「追根究柢，也是因為妳奇怪的虛榮心才會搞成這樣就是了。」

被我吐嘈的惠惠不好意思地別開視線。

「我玩得很開心所以沒關係喔，歡迎隨時帶她來玩。到時候，我一定要和米米一起去獵尼祿依德。」

阿克婭開心地這麼說。

「吶，和真……就是，惠惠的母親大人剛才不是說了嗎……」

達克妮絲似乎還在煩惱不知道該不該說，雙手抓動了一陣，卻還是下定決心準備開口，就在這個時候——

送走米米她們之後還站在玄關的我們，聽見眼前的大門響起了「叩叩」的敲門聲。

我原本以為是米米忘記拿東西，打開大門，才發現門外站了一個金髮碧眼的小女孩。

年紀大概比米米還要小一點吧？

那個容貌好像在哪裡見過的小女孩，帶著不安的神情抬起頭看著我們。

然後在發現了我身旁的達克妮絲之後……

「馬麻————！」

她激動地如此大喊，便緊緊抱住達克妮絲——

後記

感謝各位購買了這本第十一集！

我想應該不會有從這本書第一次接觸的讀者才對，不過還是再次自我介紹，我是還算會寫點東西的曉　なつめ。

最近為了健康而購買了立式的拳擊球，正在考慮要不要改行當個擁有前作家頭銜的拳擊手。

總之拆封安裝在房間之後我就已經很滿足了，所以到現在還沒動過，但或許在下一集出版的時候我已經以「Explosionなつめ」這個選手名驚動拳壇了。

如此這般，這集我試著回歸原點，重現了一下剛開始的時候那種人仰馬翻的感覺，不知道各位覺得如何呢？

試著推展故事的話，搞笑成分就會不足，加強搞笑成分的話，故事就毫無進展，甚至可能導致無法完結，我每天都在這樣的兩難之中，煩惱著為什麼無法再寫得更巧妙一點，而在房間裡滾來滾去。

感覺過去出現的各種伏筆也開始回收得差不多了，還請各位一路陪我到最後。

動畫版第二季也順利迎接了最後一集。

要說我個人的感想的話，就只有「超棒的」這麼一句話可以說，但又覺得好像才一下子就結束了。

或許是我為了各種特典等等，諸如此類的東西搞得很忙的關係。

對於參與動畫製作的各位工作人員，我只有滿懷感謝。

如果還有機會的話，希望能夠再和各位共事。

總覺得有種祭典結束之後的失落感，不過之後還會出《美好世界》的遊戲，當然也有原作小說，另外《月刊DRAGON AGE》和《月刊COMIC ALIVE》的漫畫版也會繼續連載，還請各位多多指教！

說到漫畫，我在《月刊少年ACE》上開始擔任《けものみち》這部連載漫畫的原作。

故事內容是最喜歡各種生物的蒙面摔角手被召喚到異世界，對公主殿下施展後腰橋，和狼少女、寄居吸血鬼、半龍少女還有螞蟻一起經營寵物店的神祕作品。

光看大綱應該完全看不出故事在說什麼才對。

連我也看不懂自己在說什麼。

無論如何，這本書出版的時候，那部作品的第一集應該也已經出了才對，如果有興趣的話還請參考看看。

除此之外，《美好世界》的相關漫畫作品還有很多，也請各位多多指教！

如此這般，這一集也多虧了以負責插畫的三嶋くろね老師為首，S責編，以及設計、校閱、業務，還有其他眾多工作人員的幫忙，才能夠順利出版，在此向各位致謝。

然後最重要的——

還是要向拿起本書的所有讀者，致上最深的感謝！

暁なつめ

超不得了的萬人迷妹妹，米米……！

NEXT
啊哇哇哇，我得傳出去……
我得讓公會的大家
都知道才行……！
慢著阿克婭，聽我解釋！
也也也、也對啦，
既然是貴族，趁年輕
生小孩可以說是一種
義務了嘛！
惠惠，這件事是有緣故的……！
拜託你們了，先聽我說吧！
妳這個傢伙又自己加了一個新屬性喔。
不過這個新屬性
可不是鬧著玩的啊……
不不不不、
不是啦──！
為美好的世界獻上祝福！12
COMING
SOON!!

找
面具惡魔
指點迷津！
暁なつめ
illustration
三嶋くろね
為美好的
世界獻上
祝福！
外傳
Kadokawa Fantastic Novels

國家圖書館出版品預行編目資料

為美好的世界獻上祝福!. 11, 大魔法師的妹妹 / 暁なつめ作 ; kazano譯.
-- 初版. -- 臺北市 : 臺灣角川, 2017.12
面 ; 公分
譯自 : この素晴らしい世界に祝福を!. 11, 大魔使いの妹
ISBN 978-957-853-125-3(平裝)

861.57 10

台灣角川

Kadokawa
Fantastic
Novels

為美好的世界獻上祝福！ 11
大魔法師的妹妹

（原著名：この素晴らしい世界に祝福を！ 11 大魔法使いの妹）

2017年12月14日 初版第1刷發行
2024年3月22日 初版第9刷發行

作　者：暁 なつめ
插　畫：三嶋くろね
譯　者：kazano

發行人：台灣角川股份有限公司
總　監：呂慧君
總編輯：蔡佩芬
主　編：林秀儒
副主編：楊鎮遠
設計指導：陳晞叡
印　務：李明修（主任）、張加恩（主任）、張凱棋

發行所：台灣角川股份有限公司
地　址：104台北市中山區松江路223號3樓
電　話：（02）2515-3000
傳　真：（02）2515-0033
網　址：www.kadokawa.com.tw
劃撥帳戶：台灣角川股份有限公司
劃撥帳號：19487412
法律顧問：有澤法律事務所
製　版：尚騰印刷事業有限公司
ISBN：978-957-853-125-3